兄《にい》ちゃんは戦《せん》国《ごく》武《ぶ》将《しょう》!

佐々木ひとみ
浮雲宇一・画

くもん出版

兄ちゃんは戦国武将！

目次

装丁・本文デザイン
bookwall（築地亜希乃）

プロローグ

どん、どん、どん、どん。どん、どん、どん、どん……。

城跡《しろあと》に、太鼓《たいこ》の音がひびきわたる。

「ついに出陣《しゅつじん》のときが来た！」

右目を黒い眼帯《がんたい》でおおった甲冑姿《かっちゅうすがた》の若《わか》い男が、一歩足をふみだした。兜《かぶと》には、大きな三日月のかざり。鎧《よろい》の上には、すそに赤い山形模様《やまがたもよう》が入った黒い陣羽織《じんばおり》をはおり、腰《こし》には黄金色《こがねいろ》の太刀《たち》を下げている。

「みなの者、用意はいいかあっ！」

「御屋形《おやかた》さまっ！」

声とともに、三人の男がかけよってくる。全員甲冑に陣羽織姿だ。兜にはそれぞれ毛虫だったり、御札《おふだ》だったり、鳥だったり、特徴《とくちょう》のあるかざりがついている。

「出陣じゃ！　者ども、わしにつづけーっ！」

御屋形《おやかた》さまとよばれた三日月の兜《かぶと》の男は、ぐわっとあたりをにらみつけると、するりと太刀《たち》をひきぬいた。それを合図に、
男たちもいっせいに太刀をぬく。

「うおーっ！」

「どぁーっ」

「でえーいっ」

「うりゃあーっ」

全員が、見えない敵《てき》に斬《き》りかかる。同時に、勇壮《ゆうそう》な音楽が流れはじめる。

刀を振《ふ》りおろし、なぎはらうたびに、切っ先が夏の日ざしにギラリと光る。

「えいっ」

「やっ」

甲冑姿《かっちゅうすがた》の男たちのまわりで、三角形の笠《かさ》をかぶった男が槍《やり》をしごいている。

「はっ」

「やぁっ」

甲冑のかわりに、はでな衣装《いしょう》に身をつつんだ侍《さむらい》もいる。刀をもたずに立ちまわる黒い着《き》

物姿《ものすがた》の男もいる。七人それぞれが、それぞれの見えない敵《てき》と斬《き》りむすんでいる。

「……われらはよう闘《たたか》った」

はげしい闘いの中から、三日月の兜《かぶと》の男がぬけだした。

「戦乱《せんらん》の世を、全力でかけぬけた！」

刀を立てて、柄《つか》を顔の横にひきよせ、左足をぐいっとふみだす。

その瞬間《しゅんかん》、カシャ、カシャ、カシャという音が上がった。最前列に陣取《じんど》っていた人たちが、いっせいにカメラのシャッターを切りはじめたのだ。二重三重の人垣《ひとがき》の、たくさんのカメラとスマホが、三日月の兜の男の一挙手一投足《いっきょしゅいっとうそく》を追いかけている。

「決死でのぞんだ、人取橋《ひととりばし》の戦い……。ぅりゃーっ！」

男は刀を振《ふ》りおろし、つきだしながら、語りつづけている。

「存亡《そんぼう》をかけた、摺上原《すりあげはら》の合戦……。りゃあぁーっ！」

見えない敵を倒《たお》しながら、ひとり語りはつづく。

（……ダメだ、見てらんない！）

そっととなりをうかがうと、じいちゃんも目をまるくして侍《さむらい》たちを見つめている。首にかけたタオルで額《ひたい》の汗《あせ》をぬぐいながら、ときどき首を振《ふ》っている。

そりゃあ、おどろくだろう。よく知っている顔が、仙台城跡《せんだいじょうあと》で大勢《おおぜい》のお客さんを前に力いっぱい演技《えんぎ》してるんだから。

「じいちゃん、ぼく、むこうで休んでるね」

じいちゃんの耳もとでささやいて、ぼくはそっと人の輪をはなれた。

広場から少しはなれた木陰《こかげ》のベンチに腰《こし》を下ろして、ぐしぐしと汗をぬぐう。今朝東京駅から新幹線《しんかんせん》に乗ったときはまだ低かった太陽が、今はもうてっぺんにある。

「風が変わった。敵《てき》がひるんだ」

「御屋形《おやかた》さまっ！」

「御屋形さまっ！」

人だかりのむこうでは、まだお芝居《しばい》がつづいている。

「勝機はわれらにあり！　攻《せ》めよ！　いっきに攻めおとせーっ！」

遠くからでもそれとわかる、三日月の兜《かぶと》の男がさけんでいる。

「なにが御屋形さまだよ！」

はきすてて、ぼくはリュックの中から手紙を取りだした。

檜山冬樹《ひやまふゆき》さま　御家族御一同《ごかぞくごいちどう》さま

筆で書かれたこの手紙がとどいたのは、夏休みに入る前の日のことだった。

一　手紙

「春樹《はるき》、ちょっと来なさい！」

「ただいま」と玄関《げんかん》にとびこんだとたんに、リビングからよばれた。母さんだ。反射的《はんしゃてき》に、「まずい！」と思った。

「おかえりなさい！」も「おやつあるわよ！」もない、いきなりの「ちょっと来なさい！」は、ただごとじゃないことがおこったってことだ。

塾《じゅく》の帰りに、陽《あきら》とハンバーガーショップに入ったのがバレた？

それとも、塾用のスマホで夜おそくまでゲームしてたのがバレたとか？

この前、「ちょっと来なさい！」がかかったのは、五年生になってすぐ、桜田《さくらだ》サッカークラブを勝手にやめちゃったときだった。

新チームのスタメンからはずされて、「もういいや」って思ったとたんに、きゅうにやる気がなくなった。監督《かんとく》やコーチからは「本気を出せ！」「がんばれ！」って何度もはげまされたけど、もともと陽《あきら》にさそわれて入っただけで、陽みたいにサッカーがものすごく好きなわけでも、才能《さいのう》があるわけでもなかったし。だいいち、スタメンでもないのにがんばるなんて痛《いた》いっていうか、はずかしいっていうか……。

で、「やめます！」っていっちゃったんだ。もちろん、そんなふうに思ってたってことは、だれにもないしょ。ひきとめてくれた陽にも、だ。

あのときは母さんに「たった一年でやめるなんて、まったくあきっぽいんだから！」とか、「ヘタレ！」とか、さんざんお説教されたあげく、額《ひたい》にデコピンされたっけ。

「……ただいま」

おそるおそるドアを開けると、リビングには母さんだけじゃなく、父さんまでいた。ぼくの父さんはグラフィックデザイナーで、母さんはコピーライターだ。ふたりは今、使っていない兄ちゃんの部屋を仕事場にして、小さな広告制作会社《こうこくせいさくがいしゃ》をやっている。

でも、この時代、仕事はそれほど多くないみたいで、「なにか大きな仕事が入ってこないかなぁ」なんて、いつも冗談《じょうだん》めかしてぼやいている。

ふだんは明るいふたりなのに、その日は様子がちがってた。ソファーにならんですわったまま、むずかしい顔でテーブルを見つめていた。

これは、ただごとじゃない！　デコピンなんかじゃ、すまないかもしれない！

そう思った瞬間《しゅんかん》、頭の中がフルスピードで回転しはじめた。

わたしそびれて、本棚《ほんだな》にかくしておいたプリントが見つかっちゃったとか？

チョビの散歩をショートカットして、公園でゲームしてたのがバレたとか？

いや、塾《じゅく》だ！　この前のテストの結果がひどかったから、連絡《れんらく》が来たのかも？

やらかしたことが次つぎにうかんできた。けれど、ここでうろたえたら、かえってあやしまれる！

ぼくはできるだけ平気な顔をして、「なにかあったの？」ときいてみた。

母さんは、だまってテーブルの上を指さした。そこには、白い封筒《ふうとう》がおいてあった。宛《あて》名《な》のところには墨《すみ》ででかでかと、**檜山冬樹《ひやまふゆき》さま　御家族御一同《ごかぞくごいちどう》さま**と書いてある。

はじめて筆を使ったような、下手くそな字だ。

「だれから？」ときくと、父さんが封筒をひっくりかえして見せてくれた。

差出人の欄《らん》に住所はなく、名前だけが書いてあった。

伊達政宗
――やたら画数の多い漢字だ。

「い……たつ……」

「だて、よ。だてっ！　『だてまさむね』って書いてあるの！」

あきれ顔で、母さんがぼくをギッとにらんだ。

「だてまさむねって……。あの伊達政宗《だてまさむね》？」

頭の中に、ゲームのキャラクターがうかんだ。

「伊達政宗から手紙って……。ゲームのキャンペーンにでもあたったの？」

「キャラクターから手紙がとどくキャンペーンか。なるほど、そういうのもおもしろいな」

うなずく父さんを「ちょっと！」といさめると、母さんはぼくにむきなおった。

「キャラクターなんかじゃありません！」

「え……じゃあ、ほんもの？　ほんものの伊達政宗？」

「そんなわけ、ないでしょ！」

「考えろ、春樹《はるき》もよーく知ってる人だぞ？」

「もしかして……、兄ちゃん!?」

ふたりは、微妙《びみょう》な表情《ひょうじょう》でうなずいた。

ぼくには十一ちがいの兄ちゃんがいる。名前は、檜山夏樹《ひやまなつき》。

大学進学のため、兄ちゃんが仙台《せんだい》のじいちゃんの家にひっこしていったのは四年前のことだった。ひとり娘《むすめ》の母さんが家を出てから、ずっとひとり暮《ぐ》らしだったじいちゃんは大よろこびだったらしい。「夏樹は大事な檜山家の跡《あと》つぎだ。四年間、ちゃんとめんどうみるから心配するな」って。ちなみに、「檜山」っていうのは母さんの実家の名字だ。

約束の四年がすぎて、ほんとうなら兄ちゃんは今ごろ家にもどって、図書館か学校の図書室で働いているはずだった。でも今、兄ちゃんは家にはいない。それどころか、ここ何年か家に帰ってきてもいない。大学を途中《とちゅう》でやめて、じいちゃんの家も出てしまったからだ。理由は、「ほんとうにやりたいことが見つかった」から。

母さんは激怒《げきど》した。怒《いか》りの炎《ほのお》は、じいちゃんにまで飛び火した。

「お父さんったら、どうしてとめてくれなかったのよ！」

ぷんぷんしながら電話した母さんに、じいちゃんはこうこたえたそうだ。

「ほんとうにやりたいことが見つかっただけでも、りっぱなもんじゃないか。おまえだってそうやって家を出ていっただろう？　おなじことさ」

兄ちゃんは、じいちゃんにだけはときどき連絡《れんらく》しているらしい。けど、家にはそれっきりだった。

手紙には、こう書いてあった。

檜山家《ひやまけ》のみなさまへ
父上さま、母上さま、春樹殿《はるきどの》、達者で暮《く》らしておられましたか。

あれからそれがしはアルバイトをしながら専門《せんもん》学校で芝居《しばい》を学び、劇団《げきだん》にも入って役者修行《しゅぎょう》にはげんでおりました。そしてこの春、縁《えん》あって、「奥州《おうしゅう》・仙台《せんだい》　おもてなし集団《しゅうだん》　杜乃武将隊《もりのぶしょうたい》」の一員となりました。

ご存《ぞん》じのように、今を去ること六年前、わが城下《じょうか》はみぞうの大災害《だいさいがい》に見舞《みま》われました。民は傷《きず》つき、今なお苦しんでいる者も大勢《おおぜい》おります。復興《ふっこう》にむかって歩みを進める民のため、このまちのため、それがしも杜乃武将隊の一員として、微力《びりょく》ながら力をつくしております。

お役目をいただいたとき、すぐにでもご報告《ほうこく》するつもりでおりましたが、思いのほかいそがしく、叶《かな》いませんでした。昨今はますますいそがしくなり、休みはおろか、ひと息つく暇《ひま》もないありさま。せめて手紙なりともと思いたち、こうして一筆したためた次第にございます。

わがお役目については、少々《しょうしょう》こみいった話になるため、またの機会にご説明させていただきたく存《ぞん》じます。今年の江戸《えど》の暑さは、いつになくきびしいとのこと。みなさまには、くれぐれもご自愛ください。

杜乃武将隊《もりのぶしょうたい》　伊達政宗《だてまさむね》　こと　檜山夏樹《ひやまなつき》

「それがし」とか、「民のため」とか、なにをいってるのかさっぱりわからない。

「どういうこと？　父さん、兄ちゃんはなんていってるの？」

「この春、就職《しゅうしょく》したらしい」

「就職？　会社に？」

「ちょっとちがうみたいだな。ここに書いてあるだろ？　杜乃武将隊　伊達政宗って」

「つまり兄ちゃんは仙台《せんだい》で、……『伊達政宗』をしてるってこと？」

父さんはむずかしい顔でうなずいた。母さんは、眉間《みけん》にしわをよせてため息をついた。

「勝手に大学をやめて、そのあと電話の一本もよこさないで、ようやく手紙をよこしたと思ったらこんなふざけた手紙で、おまけになにをしているかは次の機会に、って。いったいなんなの？　親をバカにして！」

「まあまあ。文面から見ると、復興《ふっこう》の役に立つ仕事らしいじゃないか。震災《しんさい》にあった仙台《せんだい》で仕事を見つけたんだ、夏樹《なつき》にもなにか考えがあるんだろう」

父さんが口にした「震災」という言葉に、母さんはだまりこんだ。

父さんも母さんも、あのときのことを思いだしているのがわかった。ぼくはまだ幼稚園《ようちえん》だったけど、なにかおそろしいことがおこっているということだけは感じていた。高校生だった兄ちゃんは、地震《じしん》や津波《つなみ》のニュースを食いいるように見てたっけ。

仙台のじいちゃんを心配して、母さんはパニックになった。さいわい、じいちゃんの家はまちの中心部だったから、津波の被害《ひがい》はまぬがれた。それでも、無事だとわかったのは地震の次の日で、母さんが仙台に帰ることができたのは、それからひと月もたってからだった。

「たしかに……」

母さんが、口を開いた。

「たしかに、だれかの役に立っているのならいいけど、だからってこの手紙はないでしょう？」

「まあな」

うなずいて、父さんはコップの麦茶をごくんと飲んだ。

母さんは兄ちゃんの手紙をつまみあげると、

「なにが伊達政宗《だてまさむね》よ。いそがしくて説明に来られないっていうんなら、こっちから行ってやろうじゃないの。夏樹《なつき》の首根っこつかまえて、とっちめてやる！」

そういって、指先でピン！　とはじいた。

いい気味だ、と思った。

兄ちゃんが仙台《せんだい》に行くことが決まったとき、まだ小さかったぼくは泣いた。

生まれたときからそばにいて、いつもいそがしい父さんや母さんのかわりにめんどうをみてくれていた兄ちゃんが、遠くへ行ってしまう！

どうしていいかわからなくて、ただ泣いた。そんなぼくに、兄ちゃんはいったんだ。

「まってろ」って。「大学を卒業したらかならず帰ってくるから」って。「またふたりで旅に出かけような。今度はほんものの旅に連れてってやるからな」って。

兄ちゃんの言葉を、ぼくは本気で信じてた。母さんには「あきっぽい」とか「ヘタレ」なんていわれるけど、相手が兄ちゃんなら話はべつだ。兄ちゃんが大学をやめちゃって、家に連絡《れんらく》をよこさなくなってからも、ぼくはあきらめなかった。約束を信じて、ずーっとまってたんだ。

それなのに、ぼくのことも、約束のことも、手紙にはひと言《こと》も書いてなかった。

ほんとうは、家族全員で仙台《せんだい》に来るはずだった。兄ちゃんをとっちめに。「仙台七夕《たなばた》まつり」に合わせて。

ところが、八月に入ったとたんに、父さんの願いが叶《かな》ってしまった。百ページをこえるガイドブックをつくるという仕事が入ってきたのだ。それも、打ち合わせから納品《のうひん》まで一か月しかない超《ちょう》ハードスケジュールで。

結局、「家族みんなで兄ちゃんをとっちめに仙台へ行く」という計画は消え、ぼくが檜《ひ》山家《やまけ》を代表して仙台に行くことになった。

——で、今、ここにいる。

二　仙台城跡《せんだいじょうあと》

観光パンフレットには「伊達《だて》六十二万石《ごく》の城下町《じょうかまち》」と書いてあるけど、仙台《せんだい》にはお城《しろ》がない。そのことを知ったのは、仙台城跡《せんだいじょうあと》にむかうバスの中だった。

新幹線《しんかんせん》の改札口で出迎《でむか》えてくれたじいちゃんは、ぼくを連れてそのままバス停にむかった。「どこへ行くの？」とたずねたぼくに、じいちゃんはにやりと笑ってこうこたえた。

「お城だよ」

そして、「るーぷる仙台」というバスに乗りこんだ。路面電車みたいなデザインの小さなバスだ。

「この『るーぷる』はな、仙台市内の見どころをぐるっとめぐるんだ。もし迷子《まいご》になったら、これに乗るといい。どこから乗っても仙台駅にもどれるからな」

ぼくらを乗せたバスはするすると走りだし、街路樹《がいろじゅ》がトンネルみたいに葉をしげらせている通りに入った。

「ここは青葉通《あおばどお》りだ。このたくさんの木はケヤキだ。名前のとおり青葉がきれいだろう？ここからこのバスは、伊達政宗公《だてまさむねこう》のお墓《はか》がある瑞鳳殿《ずいほうでん》をまわって、仙台城跡《せんだいじょうあと》にむかうんだ。春樹《はるき》はたしかはじめてだったよな？」

「うん。仙台城ってどんなお城《しろ》なの？　大きいの？」

「それが……」

じいちゃんがこたえようとしたとき、運転手さんがマイクで話しはじめた。

「お客さまにあらかじめお伝えしておきますが、これからむかう仙台城跡にはお城はございません」

わざわざことわるのは、お城があると思ってやってくる人がいるからだそうだ。いってもらってよかった。ぼくも、時代劇《じだいげき》に出てくるみたいなお城があると思っていたから。

くねくねの坂をのぼり、そびえ立つりっぱな石垣《いしがき》を見あげながらたどりついた仙台城跡は、運転手さんがいったとおり、たしかに「跡」だった。目立つものといえば、だだっぴろい広場と、伊達政宗が馬に乗った銅像《どうぞう》だけ。

その見あげるほど大きな銅像の近くで、兄ちゃんたちはお芝居《しばい》をしている。

「いやぁ、暑い、暑い！」

気がつくと、じいちゃんが汗《あせ》をぬぐいながらベンチの前に立っていた。

若《わか》いころ、職人《しょくにん》として一年中笹《ささ》かまぼこを焼いていたというじいちゃんも、真夏の太陽には勝てないらしい。

広場に目をやると、いつの間にかお芝居《しばい》は終わっていた。あれほどたくさんいた人たちはいなくなり、風にはためいていた「杜乃武将隊《もりのぶしょうたい》」と書かれた紺色《こんいろ》の旗も消えている。

ガランとした広場には、展望台《てんぼうだい》からまちをながめたり、伊達政宗《だてまさむね》の銅像《どうぞう》の前で記念写真を撮《と》っている観光客が何組かいるだけだ。

「兄ちゃんたちは？」

「次のお役目があるとかで、帰っていった」

となりに腰《こし》を下ろしたじいちゃんは、顔がゆでダコみたいに赤くなっている。

「兄ちゃんとは話せた？」

「いやいや、人が多くて近づけなかった」

「兄ちゃん、気づいたかな？」

「いや、気づいてはおらんかったろう。わしらはずーっとうしろのほうだったし、なにより夏樹《なつき》は演技《えんぎ》に集中しておったからな」

ちぇっ！　と思った。今日はこっそり見るだけって決めてたから、気づかれてもこまるけど、まったく気づかれないのもしゃくにさわる。

「それより、だいじょうぶか、春樹《はるき》？　具合でも悪くなったか？」

「ううん、べつに。ちょっとつかれただけ」

そういって、目をふせた。「目の前で力いっぱい演技している兄ちゃんが、はずかしくて見ていられなかった」とはいえない。

「それよりさ、じいちゃんはどう思った？　兄ちゃんのこと」

「うん？」

「じいちゃんも知らなかったんでしょ？」

この春、就職《しゅうしょく》したことまではきいてたらしいけど、それが杜乃武将隊《もりのぶしょうたい》だというのは、母さんから連絡《れんらく》が行くまで気づかなかったらしい。

「まあな。夏樹は『観光関係の仕事についた』としかいっておらんかったからなぁ。研《けん》修《しゅう》がきびしいとか、休みがほとんどないとか、出張《しゅっちょう》が多いとかはいっていたが、観光の仕事というのは、そういうもんなんだろうと思っていたんだ」

「まったく、びっくりしちゃうよね。あの兄ちゃんが、あんなことしてたなんてさ」

自分でいうのもナンだけど、兄ちゃんとぼくはなにからなにまで真逆《まぎゃく》だった。

ぼくの性格《せいかく》は、よくいえばおおらか、悪くいえばずぼら。対して兄ちゃんは、よくいえばまじめ、悪くいえばクソまじめだ。ルックスも、「個性《こせい》がないのが個性」みたいな顔立ちのぼくに対して、小顔で色白で目がきりっと切れ長で、おまけに細身で背《せ》が高い兄ちゃんは、近所でも評判《ひょうばん》のイケメンだった。

けれどその性格は、「役者」って感じでは決してなかった。

初対面の人ともすぐに仲よくなれるぼくとちがって、兄ちゃんはひどい人見知りで、いつも「ひとりでいるほうが気が楽なんだ」といっていた。唯一《ゆいいつ》の趣味《しゅみ》は読書で、休みの日には図書館に行くか、部屋にこもって本を読んでいた。

部活もせず、いつも家にまっすぐ帰ってきて、ぼくのめんどうをみてくれていた兄ちゃんは、掃除《そうじ》、洗濯《せんたく》、買いもの、おまけに食事のしたくまでこなす、几帳面《きちょうめん》で、やさしくて、ものしずかな人。ひと言《こと》でいうなら、圧倒的《あっとうてき》に地味な人だった。それなのに……。

「みんなから『御屋形《おやかた》さま』、なんてよばれちゃってさ！」

「そうだな。わが孫が『御屋形さま』とよばれ、家臣《かしん》までひきつれているとはなぁ」

眉根《まゆね》をよせて、じいちゃんは首を振《ふ》った。

「ふざけてるよね！」

「あっぱれだ！」

「え？」

振りかえると、じいちゃんは笑顔で宙《ちゅう》を見つめている。

「あの内気だった夏樹《なつき》が、家臣《かしん》をひきいる『御屋形《おやかた》さま』とは、じつに名誉《めいよ》なことだ」

「名誉ぉ？」

「いいか、よくきけ春樹《はるき》。わしがわしのじいさんからきいた話によれば、その昔、わが檜《ひ》山家《やまけ》の先祖《せんぞ》は足軽《あしがる》だったのだそうだ」

「足軽って？」

「武士《ぶし》の中でもいちばん身分の低い武士だ」

「なんかパッとしないね」

「だろう？　だからあっぱれなんだ。先祖は足軽、しかしながら、わが孫は歴史に名をのこす戦国大名。たいした出世じゃないか。ばあさんにも、ひと目見せてやりたかったなぁ」

じいちゃんは、目を閉《と》じて天をあおぐ。感無量！　といった面持《おもも》ちだ。

ため息が出た。あれをはずかしいと思わない兄ちゃんも信じられなきゃ、それを見て
「あっぱれだ！」とかいっちゃうじいちゃんの気持ちもわからない。

武将《ぶしょう》の格好《かっこう》をしてお芝居《しばい》なんて、ぼくにはできない。ってか、たのまれたってやらない。

刀を振《ふ》りまわしているのも、熱く語っているのも、見ててはずかしいったらない。

「それにしても、いい世の中になったもんだなぁ、春樹《はるき》」

天をあおいだまま、じいちゃんがつぶやく。

「なろうと思えば、殿《との》さまにだってなれるんだ。それも、この仙台《せんだい》の土台をきずいた、藩《はん》祖《そ》・伊達政宗公《だてまさむねこう》だぞ」

「ほんものじゃないけどね」と、心の中でつぶやいた。

「そんなたいしたものに望んでなれるなんて、じつにいい世の中だと思わないか？」

「じいちゃんもなりたいの？」

「なれるもんなら、なりたかったなぁ。春樹はどうだ？　なりたくないか？」

「なりたくなんかないよ。あんなの、かっこわるいじゃん。伊達政宗とかいっちゃって、おとなのくせに、チャンバラごっこなんかしちゃってさ！　ダサいし、ウザいし、はずか

しくて見てらんないよ！」

　さけんだ瞬間《しゅんかん》、近くを通りかかったふたり連れが足をとめた。白髪頭《しらがあたま》のおばあちゃんと、ぼくとおなじ年ごろの女の子だ。おばあちゃんのほうは水色のワンピースを着て、白い日《ひ》傘《がさ》をさしている。女の子は、髪《かみ》を頭のてっぺんで結んで、白いチュニックにジーパン姿《すがた》だ。

　ふたりとも目をまんまるにして、こっちを見つめている。が、ぼくと目が合った瞬間、おばあちゃんが女の子の背中《せなか》をちょん！　とつついて歩きだした。

　それは、ふたりがぼくの目の前を通りすぎる瞬間だった。女の子がくるっと振《ふ》りかえった。と、思ったら、「べーッ」と舌《した》を出した。

　ええーっ？　なになに、なんで？

　頭の中が「？」でいっぱいになった。

　次の瞬間、となりからふうーっとため息がきこえてきた。じいちゃんだ。

「まあなぁ、夏樹《なつき》には夏樹の考えがあるんだろうよ」

　目を閉《と》じて、うんうんうなずいている。ほんの一瞬のできごとだったから、じいちゃんは気づかなかったらしい。

　あわてて視線《しせん》をもどすと、女の子はなにごともなかったかのように、おばあちゃんと連

れだって歩いてゆくところだった。——あれはいったい、なんだったんだ？

「今日のところは、とりあえず家に帰らないか？　春樹《はるき》もつかれただろう？」

ぼくのもやもやに気づくこともなく、じいちゃんは立ちあがった。

「でも……」

ぼくには母さんと父さんとの約束がある。

新幹線《しんかんせん》に乗りこむとき、たのまれたんだ。母さんからは「会ったらまず『これ、お母さんから』って、夏樹《なつき》の額《ひたい》にデコピンしてね」って。父さんからは「あいつがなにをやっているのか、しっかり見てきてくれ」って。そういったあと父さんは、ぼくの耳もとで「お母さんにあまり心配をかけるなと伝えてくれ」とささやいた。

兄ちゃんがなにをしているのかちゃんと見なきゃいけない。それから、ふたりがどれほど心配していたのかを伝えて、とっちめてやらなきゃ。

「だいじょうぶだ、春樹」

じいちゃんが、うなずいた。ぼくの心の声がきこえたみたいに。

「時間はたっぷりある。まずはじっくり見ることだ。そして、自分が見たこと、感じたことを伝えればいい。夏樹をとっちめるのは、おまえの父さんと母さんの役目だ」

いいながらじいちゃんは、もっていたパンフレットをぼくにさしだした。

「これは？」

「武将隊《ぶしょうたい》がひきあげるとき、足軽《あしがる》が配っていたのをもらったんだ」

受けとって広げた瞬間《しゅんかん》、「うわっ！」と取りおとしそうになった。

今、まさに話題にしていた人と目が合ったからだ。

「杜乃《もりの》武将隊《ぶしょうたい》　かわら版《ばん》」と書かれた表紙には、三日月のかざりがついた兜《かぶと》をかぶり、刀を顔の横で少しだけぬいた伊達政宗《だてまさむね》の写真が大きくのっている。黒い背景《はいけい》に黒い甲冑《かっちゅう》を着て、顔と刀にだけ光をあてられた姿《すがた》は、まるで時代劇《じだいげき》のポスターみたいだ。

「それを読めば、武将隊のことがわかるらしい。どうだ春樹《はるき》、今日のところは家に帰って、これからどうするか作戦を立てようじゃないか。そのパンフレットによれば、武将隊は明日、仙台駅《せんだいえき》のイベントに出るらしい。駅でまた見られるらしいぞ」

兄ちゃんにはいいたいことが山ほどある。けど、さっき見た感じでは、パフォーマンス中は話なんかできそうにない。なにより、力いっぱい伊達政宗を演《えん》じている兄ちゃんと、前みたいに話せる気がしない。

「わかったよ、じいちゃん」

兄ちゃんの手紙とパンフレットをリュックにしまい、ベンチから立ちあがった。

たしかに、じいちゃんがいうとおり、時間はたっぷりある。

兄ちゃんと顔を合わせる前に、「杜乃武将隊《もりのぶしょうたい》」ってなんなのかを調べておくのも悪くない。そう思った。


その夜、夢《ゆめ》をみた。

兄ちゃんに手をひかれて、近所の商店街にむかっている夢だ。

ぼくは幼稚園《ようちえん》、兄ちゃんは中学生か高校生ぐらいだった。

「いいか、春樹《はるき》。おれたちはこれから旅に出るぞ」

夕日に染《そ》まるまちを歩きながら、兄ちゃんはいった。

「ドラゴンをつかまえて、ふたりでドラゴンライダーになるんだ。そして、世界中を旅してまわるんだ」

ぼくがまだ小さかったころ、父さんと母さんはいつもいそがしくて、どこにも連れていってもらえなかった。かわりに兄ちゃんが、いろんな旅に連れだしてくれた。兄ちゃんにかかれば、夕飯のおかずの買いものさえも、ドラゴンをさがす冒険《ぼうけん》の旅になった。

「旅に出る前に、市場で食料を調達しなきゃならない。でも春樹《はるき》、用心しろよ、ここには悪者がいっぱいいいる。ぼんやりしてたらさらわれて、遠くの国に売りとばされてしまうからな」

兄ちゃんにいわれると、見なれた商店街があやしげな市場に見えてくるから不思議だ。ぼくはおそるおそるあたりを見まわした。

「ぜったいにはなれるなよ。もしはぐれたら、すぐに兄ちゃんをよべよ」

「わかった！」

ぼくは兄ちゃんのシャツのすそをぎゅっとにぎった。なにがあってもはなれるもんかと思った。

なのに……。

「うっ」

夕日がまぶしくて、ほんの一瞬《いっしゅん》手をはなしてしまった。

ふたたび目を開けたとき、兄ちゃんは消えていた。商店街も消えていた。あたりはどこまでも広がる砂漠《さばく》に変わり、ぼくはその真ん中に、ひとりぼっちで立っていた。

「兄ちゃん？」

「兄ちゃん！」

「兄ちゃーん！」

よんでも、さけんでも、返事はない。ぼくは泣いた。わんわん泣いた。

泣きつかれて、ふと顔を上げた瞬間《しゅんかん》、それを見つけた。

空を行くドラゴンだ！　背中《せなか》には黒い人影《ひとかげ》。——三日月の兜《かぶと》の武将《ぶしょう》が乗っている！

「兄ちゃ——ん！」

声を振《ふ》りしぼってさけんだ。

「兄ちゃ——ん！」

けれど、兄ちゃんは振りかえらない。

そして、一度も振りかえることなく、空のかなたに消えていった。

「ぜったいにはなれるなよ」っていったくせに。

「もしはぐれたら、すぐに兄ちゃんをよべよ」っていったくせに。

「ふたりで、ドラゴンライダーになるんだ」っていったくせに！

「うそつき！」

夢《ゆめ》の中でも、ぼくはおこってた。

三　仙台駅《せんだいえき》

「すごい人だなぁ、春樹《はるき》」

「おまけに暑いし！」

仙台駅《せんだいえき》は七夕《たなばた》まつりの初日ということもあって、大勢《おおぜい》の観光客でごったがえしている。

今日の武将隊《ぶしょうたい》の舞台《ぶたい》は、駅の二階コンコースにもうけられた特設《とくせつ》ステージだ。ステージの前には、たくさんのパイプ椅子《いす》がならべられている。

演武《えんぶ》（兄ちゃんたちがやっていたお芝居《しばい》ありダンスありのパフォーマンスをそうよぶらしい）開始まで、まだ時間があるというのに、すでに半分以上の席がうまっている。昨日《きのう》のお城《しろ》といい、今日のこの席のうまり具合といい、ぼくが想像《そうぞう》していた以上に、杜乃武《もりのぶ》将隊《しょうたい》は人気があるらしい。

「どうする、春樹。もっと前へ行くか？」

さすがのじいちゃんも、人の多さに面食らっているらしく、「前へ行くか？」ときいているわりには、動かない。流れる汗《あせ》をぬぐいながら、駅の入り口でもらった携帯《けいたい》電話会社の団扇《うちわ》を力なく動かしている。

「じいちゃん、だいじょうぶ？」

今日の最高気温は三十五度。東北なのに、東京とおなじくらい暑い。

「う……ん。少しがんばりすぎたかな」

広瀬川《ひろせがわ》沿《ぞ》いの古い住宅地《じゅうたくち》にあるじいちゃんの家から駅まで、バスだと遠回りになるというので、ぼくたちは歩いてやってきた。まだ午前中とはいえ、炎天下《えんてんか》の二十分ウォーキングは思いのほかきつかった。

「春樹《はるき》、じいちゃん、血圧《けつあつ》が上がったかもしれない。少し、ふらふらする」

「ええっ！」

しまった！　東京を出るとき、母さんに何度もいわれてたんだ。「おじいちゃんは血圧が高めだから、気をつけてあげてね。たぶん春樹が行くと、うれしくてはりきっちゃうと思うから」って。

どうしよう！　どうしたらいい？

パニクってるうちに、ふらり、じいちゃんがよろめいた。

「じいちゃん!」

「だいじょうぶだ、春樹《はるき》。だいじょうぶ……」

「だいじょうぶ」といいながら、その声はかすれている。顔は赤く、あごの先からぽたぽたと汗《あせ》がしたたりおちている。

そうだ、電話だ!　とりあえず母さんに電話しよう!

スマホを取りだした瞬間《しゅんかん》、ちょんちょんと背中《せなか》をつつかれた。

「えっ?」

振《ふ》りかえると、女の子が立っていた。背格好《せかっこう》はぼくとおなじくらい。すそをまくりあげたジーパンにすずしげなブラウスを着て、髪《かみ》を頭のてっぺんでひとつに結んでいる。

あれ?　この子どこかで……。

「あんたのおじいちゃん、熱中症《ねっちゅうしょう》になりかけてるんじゃない?」

「熱中症?」

「顔、真っ赤だし、ものすごく汗かいてんじゃん。……ほら、こっち来て!」

「え?」

「いいから、来て!　おじいちゃん、だいじょうぶ?　ちょっとだけ歩ける?」

女の子はじいちゃんの手を取ると、観客席にむかって歩きだした。

「おばあちゃん！」

女の子が声をかけると、うしろのほうにすわっていた女の人が振《ふ》りかえった。髪《かみ》の白いおばあちゃんだ。

その人は、ぼくたちを見るなりパッと立ちあがると、かけよってきた。そして、じいちゃんをあいている席にすわらせた。

「頭は痛《いた》みませんか？　はき気は？」

ききながら、手早くじいちゃんのポロシャツのボタンをはずし、ベルトをゆるめた。それから、じいちゃんがもっていた団扇《うちわ》を手に取ると、ぱたぱたとあおぎはじめた。

「からだのどこかがしびれたりしていませんか？」

風を受けながら、じいちゃんはよわよわしく首を振る。

「水分は？　ちゃんと水分はとりましたか？」

ハッとした。

「そういえば、じいちゃんの家を出てからなにも飲んでないかも……」

かわりにこたえると、女の子は「チッ！」と舌打《したう》ちをした。そして、肩《かた》にななめがけしたバッグの中から、赤いマグボトルを取りだした。

「これ、飲んで。中身はスポーツドリンクをうすめたやつだから」

じいちゃんは小さくうなずいて受けとった。

「むせないように、ゆっくり飲んでくださいね」

おばあちゃんに声をかけられ、少しずつボトルをかたむける。

上下するじいちゃんののどぼとけを見ていたら、きゅうにのどがかわいてきた。顔が熱い。おまけに、なんか頭がくらくらする。

「ちょっと、あんたまで熱中症《ねっちゅうしょう》じゃないでしょうね？」

カチンときたけど、いいかえせない。

「ほら、ここにすわって！」

問答無用でじいちゃんのとなりにすわらされた。すわった瞬間《しゅんかん》、まわりの音が遠のきはじめた。風景がななめにかしいでいく……と、思ったら、首筋《くびすじ》に冷たいものがあてがわれた。

気持ちいいーっ！

うっすらと目を開けると、おばあちゃんがキンキンに冷えたおしぼりをあててくれていた。

「だいじょうぶ？　落ちついたらこれを飲んで。スポーツドリンクよ」

緑色のマグボトルを受けとって、そっと口をつける。のどの奥《おく》を、冷たく甘《あま》い液体《えきたい》が流れおちてゆく。そして、すぐさま体にしみてゆく。砂《すな》に水がしみこむみたいに。

「美咲《みさき》がいうとおり、ふたりとも熱中症《ねっちゅうしょう》になりかけていたみたいね」

「でしょ？　あやしいと思ったんだ！」

ほほえむおばあちゃんのむこうで、女の子が得意げにうなずいた。


「孫ともども、お世話をおかけしました」

ようやく落ちついたところで、じいちゃんが頭を下げた。

「いいえ、どういたしまして」と、おばあちゃんはほほえんだ。

「うちの孫も、お城《しろ》で熱中症になりかかったことがあったものですから」

「お城……ですか？」

じいちゃんがたずねると、おばあちゃんは「はい」と大きくうなずいた。

「お城で、武将隊《ぶしょうたい》の演武《えんぶ》を見ていたときに」

ふいに、昨日《きのう》のことを思いだした。そうだ、この顔、この髪型《かみがた》……。

「あの、もしかして君、昨日の……」

「今ごろ気がついたの？　おっそーい！　おそすぎ！」

このにくたらしい顔つき！　まちがいない、昨日ぼくに「べーッ」としたあいつだ。

「これ、失礼ですよ！」

ぴしゃりといって、おばあちゃんはじいちゃんにむきなおった。

「昨日、おふたりもお城《しろ》にいらっしゃいましたよね？　わたしたちもいたんですよ。あそこに」

「はあ、そうでしたか。申しわけないが、よく覚えておりませんで……」

じいちゃんは、首をかしげる。

「覚えていらっしゃらなくてとうぜんです。大勢《おおぜい》集まっておりましたもの」

「あたしはあんたのこと、ずっと見てたけどね！」

女の子は、ギッとぼくをにらみつけた。

「あんた、演武《えんぶ》がはじまったとき、でっかいため息ついたよね？　それから、『ダメだこりゃ！』みたいな顔をして、途中《とちゅう》でぬけだしたでしょ？」

たしかに、そのとおりだった。

「あたし、あそこにいたのよ。あんたのすぐ近くに」

気づかなかった。ってか、武将隊《ぶしょうたい》を見ていた人たちのことなんか、まったく目に入っていなかった。

「政宗《まさむね》さまたちがあんなに真剣《しんけん》に演武《えんぶ》をしてたのに、なんなのあの態度《たいど》！」

「美咲《みさき》！」

「だって、この子、演武もちゃんと見なかったくせに、『おとなのくせに、チャンバラごっこなんかしちゃってさ！』なんていったんだよ。おばあちゃんもきいたでしょ？」

ああ、そうか。あれをきかれてたんだ。

でも、だからといって、こいつにこんなふうにいわれる筋合《すじあ》いはない。

「たしかにいったけど、そんなの、君には関係ないだろ？」

「関係なくない！　よく見もしないで、武将隊をあんなふうにいうのはゆるせない！」

にらみ合いになった。日焼けしたうす黒い肌《はだ》、大きな目に長いまつげ、細くて長い手足。よく見たら、アイドルみたいな顔だちなのに、性格《せいかく》はちっともかわいくないっ！

負けるもんか！　とにらみかえしていたら、「まあまあ」と、じいちゃんが入ってきた。

「うちの孫がいったことがお嬢《じょう》さんの気にさわったのなら、申しわけありません」

「じいちゃん、なんであやまるの？　この子のいってること、めちゃくちゃじゃん！」

「まあ落ちつけ、春樹《はるき》。演武《えんぶ》をちゃんと最後まで見なかったのは、ほんとうのことだろう？　悪口をいったのも、な。……ところで、あなたがたは、武将隊《ぶしょうたい》の関係者のかたですか？」

ふたりは、ぱっと顔を見あわせた。と、思ったら、ぷっとふきだした。

「いいえ、とんでもない。わたしたちはその……ただの応援団《おうえんだん》です」

「応援団、ですか？」

「はい、杜乃武将隊《もりのぶしょうたい》を勝手に応援しているんです。……そうよね、美咲《みさき》？」

「うーん、まあ、そんなとこかな」

「美咲」とよばれたそいつは、えらそうにうなずいた。

「それより、おふたりは？　昨日《きのう》お城《しろ》にいて今日もここにいるということは、武将隊がお好きなんですよね？　おじいさまが時代劇《じだいげき》ファンとか？　それとも、お孫さんが戦国武将が出てくるゲームのファンとか？」

今度はぼくらが顔を見あわせる番だ。そのどれでもないけど、今ここで兄ちゃんの話をするのは「なんだかな？」って感じがする。

「たしかにわしらは、武将隊《ぶしょうたい》を見に来たんです」

「どちらから？」

「わしは地もとです。仙台《せんだい》市内に住んでおります。孫は東京です。この子が、仙台に杜乃《もりの》武将隊《ぶしょうたい》というものがあると知って興味《きょうみ》をもったとかで……。それで七夕《たなばた》見物のついでに、こうして武将隊を見にまいりました」

「まあ、それはすてきですね。わたしたちも地もとです。うちも、この子が杜乃武将隊に興味をもちまして、『応援《おうえん》』と称《しょう》して、こうしてふたりで武将隊を追いかけているんですよ」

そこまでいうと、おばあちゃんは背筋《せすじ》を正した。

「水沢響子《みずさわきょうこ》と申します。孫は美咲《みさき》といいます。五年生になります」

「おお、うちの孫といっしょですな」

じいちゃんが、うれしそうにうなずく。

「わしは檜山秀太郎《ひやましゅうたろう》と申します。この子は孫の……」

「檜山春樹《はるき》、五年生です」

「春樹《はるき》くん、よろしくね」

水沢《みずさわ》さんは、ふわっと笑った。美咲《みさき》は、あいかわらずムスッとしている。

「春樹くんは、杜乃武将隊《もりのぶしょうたい》ではだれがいちばん好きですか？」

「だれっていわれても……」

ゆうべ「かわら版《ばん》」を読んだけど、全員の名前までは覚えていない。知っているのは、

「伊達《だて》……政宗《まさむね》？」

「政宗さま！」

美咲がすかさずいいなおした。ったく、はらがたつ！

「よぶなら、政宗さま！　それか、御屋形《おやかた》さまか、殿《との》か、政宗公だから！」

「そんなの、どうでもいいじゃん！」

「よくない！　政宗さまはこのまちをつくったすごいかたなんだから、よびすてになんかしないで！」

「それはほんものの伊達政宗だろう？　ぼくがいってんのは、武将隊の……」

「おなじだよ！」

「おなじじゃないだろう？　だってあれは、あの政宗は……」

「まあ落ちつけ、春樹《はるき》」

「美咲《みさき》もよ。春樹くんは武将隊《ぶしょうたい》のことも、仙台《せんだい》のこともまだよく知らないんだから」

水沢《みずさわ》さんは美咲をたしなめると、さっと右手をさしだした。

「春樹くんは政宗《まさむね》さまのファンなのね。わたしたちもそうなのよ。仲よくしましょうね」

「……はあ」

さしだされた右手を、申しわけない気持ちでにぎりかえす。

「あの……もしよかったら、春樹くんが仙台にいるあいだ、わたしたちといっしょに武将隊を応援《おうえん》しませんか？　夏休みのあいだは、ほとんど毎日市内のどこかで会えるんですよ。ねえ、美咲？」

ふてくされた表情《ひょうじょう》のまま、美咲は小さくうなずいた。

「春樹くんも美咲も、武将隊を応援する気持ちはおなじでしょ。ちょうどいいじゃない。檜山《ひやま》さん、春樹くん、ぜひいっしょに。……よかったら、ですけど」

「い・や・です！　美咲といっしょなんて、ごめんです！」

さけんだ。心の中で。だいいち、兄ちゃんを応援したい気持ちなんて、これっぽっちもない。あるのは「とっちめてやる！」という気持ち。それだけだ。

そんなぼくの気も知らないで、「ぜひ、お願いします」と、じいちゃんは頭を下げた。

「といっても、孫だけですが。この暑さでは、持病がある年寄《としよ》りが武将隊《ぶしょうたい》を追いかけるのは無理だとさとりました。ご迷惑《めいわく》でなければ、孫を、春樹《はるき》をよろしくお願いします」

「じいちゃん！」

つめよろうとした瞬間《しゅんかん》、どん、どん、どん、どん、と太鼓《たいこ》の音がきこえてきた。仙台《せんだい》城跡《じょうあと》でもきいたこの太鼓の音は、武将隊がやってくる合図らしい。

客席の前のほうにいる人たちが、いっせいにスマホやカメラをかまえる。会場全体が、なんとなくそわそわしはじめる。まるでお神輿《みこし》が近づいてくるときみたいだ。

「さて、と」

じいちゃんはゆっくり椅子《いす》から立ちあがると、「ありがとう、助かったよ」と、美咲《みさき》にマグボトルを返した。それからぼくにむきなおった。

「すまんな、春樹。じいちゃんは家に帰って休むことにするよ。なあに、しばらく横になっていればだいじょうぶだ。なにかあったら、すぐに電話しなさい」

「でも……」

もしきゅうに、兄ちゃんと対決することになっちゃったら、どうしたらいいんだろう。

いや、話す機会すらないってこともありえる。――それはそれでこまる。

「そんな顔をするな、春樹《はるき》。だいじょうぶ、きっとうまくいく。ゆっくり時間をかけて、な？」

じいちゃんは、ぼくの髪《かみ》をくしゃっとなでると、水沢《みずさわ》さんにむきなおった。

「水沢さん、孫をよろしくお願いします。……ああ、武将隊《ぶしょうたい》がやってきましたな」

振《ふ》りかえると、ステージに「杜乃武将隊《もりのぶしょうたい》」と書かれた旗を背負《せお》った足軽《あしがる》が登場したところだった。

どん、どん、どん、どん。足軽がたたく太鼓《たいこ》の音にみちびかれるように、鎧兜《よろいかぶと》の男たちが肩《かた》で風を切りながら、さっそうとステージに上がっていく。

全員がステージにならんだところで、太鼓の音がぴたりとやんだ。――次の瞬間《しゅんかん》、勇壮《ゆうそう》な音楽が流れはじめた。その音を合図に、

「みなの者、本日はよくぞわが城下《じょうか》へ参られた！」

三日月の兜の武将が口を開いた。すると、通りかかった人たちがいっせいに振りかえった。

「われらは、奥州《おうしゅう》・仙台《せんだい》　おもてなし集団《しゅうだん》　杜乃武将隊である。伊達《だて》の文化、伊達魂《だましい》、

そしてなによりも、仙台《せんだい》・宮城《みやぎ》の観光の魅力《みりょく》をみなに伝えるために、四百年のときをへてよみがえった。われらは、ここにつどいしみなを心より歓迎《かんげい》いたす。みなの者、大儀《たいぎ》である！」

さけんだ瞬間《しゅんかん》、大きな拍手《はくしゅ》がわきおこった。いっせいに、シャッターを切る音がする。

はなやかなステージの横を、じいちゃんがとぼとぼと歩いてゆく。

ぼくは、ステージの真ん中でポーズを決めている兄ちゃんをにらみつけた。

四　杜《もり》乃《の》武《ぶ》将《しょう》隊《たい》

「さて、今日からわが城下《じょうか》では、七夕《たなばた》まつりがはじまる」

ステージではあいかわらず兄ちゃんが、伊達政宗《だてまさむね》としてしゃべっている。

「ここに集まったみなの中で、『仙台《せんだい》七夕まつり』ははじめてという者、手を上げてみよ」

百人あまりのお客さんの中から、二十人ほどが手を上げる。

「では、われら杜乃武将隊《もりのぶしょうたい》を見るのははじめてという者は？」

そろそろと、さっきの倍近くの人数が手を上げる。

「ほう、半数近くが『はじめまして』というわけじゃな。どうじゃみなの者、杜乃武将隊は。……めんこいじゃろう？」

兄ちゃんの言葉に、どっと笑いがおこる。

ひどい人見知りで、友だちもほとんどいなくて、「ひとりでいるほうが気が楽なんだ」とかいっていたあの兄ちゃんが、ステージの上にいて、大勢《おおぜい》のお客さんに話しかけ、笑いまでとっている。そしてそれを、水沢《みずさわ》さんは笑みをうかべて、そのむこうの美咲《みさき》は食いいるように見つめている。

ありえない。こんなことは、ありえない！

自分だけが魔法《まほう》にかかっていないみたいな居心地《いごこち》の悪さを感じながら、ぼくはそっとため息をついた。

「『仙台七夕《せんだいたなばた》まつり』は、今日から三日間おこなわれる。せっかく来られたのだ、仙台ならではの七夕かざりをじっくりながめ、心ゆくまでわが城下《じょうか》のまつりを楽しんで帰られるがよい」

ステージでは、まだ兄ちゃんがしゃべっている。

ゆうべ読んだ「かわら版《ばん》」には、杜乃武将隊《もりのぶしょうたい》の活動には三つの柱があると書いてあった。「演武《えんぶ》」と「おもてなし」と「仙台・宮城《みやぎ》のピーアール」だ。たぶん今、兄ちゃんが話しているのがピーアールなのだろう。

「それではこれより、われらが演武をご披露《ひろう》しよう。みなの者、名乗りを上げよ！」

突然《とつぜん》、兄ちゃんの口調が変わった。その言葉を合図に、音楽も変わる。

「ははあーっ！」

家臣《かしん》たちが礼をして、舞台《ぶたい》の奥《おく》に一列にならんだ。

「名乗りって？」

「自己紹介《じこしょうかい》のようなもの！」

水沢《みずさわ》さんにきいたのに、そのむこうの美咲《みさき》がこたえる。

「政宗《まさむね》さまとの関係とか、自分の思いをひとりずついっていくの。どういう人かは、『かわら版《ばん》』にも書いてあるから」

ぶっきらぼうではあるけれど、めんどうみは悪くないらしい。ぼくはリュックの中から「かわら版」を取りだした。

「仙台藩一門《せんだいはんいちもん》、第二席にして、亘理城主《わたりじょうしゅ》……」

音楽に合わせて、毛虫の前立《まえた》て（兜《かぶと》についているかざりのことだ）の武将《ぶしょう》が歩みでて、刀をぬいた。

「わが勇武《ゆうぶ》をもって、政宗さまをお支《ささ》えいたす。わしが、伊達三傑《だてさんけつ》・武《ぶ》の武将、伊達成実《しげざね》である！　とあああーっ！」

力いっぱい刀を振《ふ》りおろし、ポーズを決める。まわりから拍手《はくしゅ》がわきおこる。

いっていることはむずかしくてよくわからないけれど、「かわら版」と見くらべて、この武将《ぶしょう》が伊達成実《だてしげざね》という名前であることだけはわかった。

成実がうしろへ下がるのと入れちがいに、扇《おうぎ》を手にした武将が前へ出てくる。前立《まえた》ては、半月と「愛宕山大権現守護所《あたごやまだいごんげんしゅごしょ》」と書かれた御札《おふだ》だ。

「いかなる困難《こんなん》があろうとも、わが妙策《みょうさく》で、伊達家を勝機へとみちびかん。われは伊達三《さん》傑《けつ》・智《ち》の武将、片倉小十郎景綱《かたくらこじゅうろうかげつな》である。たあああーっ」

小十郎が下がると、代わってステージ中央に登場したのは、槍《やり》を手にした武将。前立ては、鳳凰《ほうおう》の形だ。

「人取橋《ひととりばし》の戦いで落命したわが父、左月《さげつ》。あとをたくされたわが使命は、伊達家を守り、政宗《まさむね》さまをお支《ささ》えいたすこと。われこそは、伊達三傑・吏《り》の武将、茂庭綱元《もにわつなもと》にござる」

ブン！　と槍をかまえた綱元。次の瞬間《しゅんかん》、綱元に代わってとびだしてきたのは、白地に紫《むらさき》や赤、緑の模様《もよう》が入った派手《はで》な衣装《いしょう》をまとった侍《さむらい》だ。

「四百年前、政宗さまの命《めい》によりサン・ファン・バウティスタ号に乗り太平洋を横断《おうだん》。慶《けい》長遣欧使節《ちょうけんおうしせつ》をひきいしわが名は、支倉六右衛門常長《はせくらろくえもんつねなが》にござる」

ステージを右へ左へ、踊《おど》るように動きまわりながら語った常長が下がると、陣笠《じんがさ》をかぶった足軽《あしがる》がとびだしてきた。

「政宗《まさむね》さまが夢見《ゆめみ》られた、だれもが笑って暮《く》らせる国づくりのために、ともにはげみましょうぞ！　太陽のように、みなさまを明るく照らす足軽《あしがる》。それがしの名は光《ひかる》にございまする」

元気いっぱいに動きまわった光のあとには、筆を手にした黒い着物姿《きものすがた》の男が現《あらわ》れた。

「松島《まつしま》の月まず心にかかりて、たどりついたは、政宗公《まさむねこう》がきずきし杜《もり》の都《みやこ》、仙台《せんだい》。みちのくの句《しゅん》と魅力《みりょく》を伝える、松尾芭蕉《まつおばしょう》でございます」

芭蕉が名乗りを終えたところで、音楽が変わった。

おもおもしい音楽が流れる中、兄ちゃんがゆっくりとステージ中央に歩みでる。そして、客席のはしからはしまで、じっくりと見わたすと、おもむろに口を開いた。

「十八の歳《とし》に家督《かとく》を相続し、伊達《だて》の頭領《とうりょう》として南奥州《みなみおうしゅう》を平定《へいてい》いたした。われが目指すは、民が笑い、永久《えいきゅう》に繁栄《はんえい》する都づくり」

兄ちゃんは、ほかの武将《ぶしょう》のように刀をぬくことも、派手《はで》に動きまわることもせず、ただしずかに語りかけている。

「入りそめて国ゆたかなるみぎりとや　千代とかぎらじせんだいのまつ。たとえ四百年のときがたとうとも、よみがえりて、みなとともに歩みつづける。われこそは……」

右手をすっと高くかかげ、円を描《えが》くようにゆっくり下ろして真横でとめた。

「仙台藩初代藩主《せんだいはんしょだいはんしゅ》・伊達政宗《だてまさむね》なりっ！」

高らかに名乗りを上げ、ポーズを決める兄ちゃん。

アニメだったら「シャキーン！」と音がして、背中《せなか》から光がはなたれる場面だ。

思わず目をそらしてしまった。

なにもかもが力いっぱいすぎて、痛《いた》い。痛すぎる。兄ちゃんの「がんばってる感」が暑くるしくって、はずかしすぎて、見ていられない。なのに……。

「ははーっ」

ポーズを決めた兄ちゃんにむかって、武将《ぶしょう》たちが深ぶかと頭を下げると、会場から大きな拍手《はくしゅ》がわきおこった。美咲《みさき》も水沢《みずさわ》さんも、目をキラキラさせながら、夢中《むちゅう》で手をたたいている。

そんな会場を見わたして、兄ちゃんはひとつ大きくうなずくと、スッと肩《かた》の力をぬいた。

「伊達の地には……」

兄ちゃんの口調が変わった。

名乗りは終わり、またべつのパフォーマンスがはじまるらしい。

「古くから祝いの席で詠《えい》じられてきた『さんさ時雨《しぐれ》』という音曲《おんぎょく》がござる。こたび、みなとの出会いの祝いに、この音曲にのせて、もてなしの舞《まい》をおとどけいたす。杜乃武将隊《もりのぶしょうたい》の演武《えんぶ》、とくとごらんあれ」

音楽が変わる。シンセサイザーのほかに、三味線《しゃみせん》や笛といった和楽器を使ったメロディーが流れはじめる。昨日《きのう》お城《しろ》で見たのとは、またちがう演武のようだ。

音楽とともに、それぞれの武将が背筋《せすじ》をのばしてふたたび位置につく。

ゆったりとした三味線の音がひびく中、兄ちゃんは指先をぴんとのばし、なめらかな動きでポーズを決める。そして胸《むな》もとにさしてあった扇《おうぎ》をおもむろに取りだすと、両手でささげて一礼した。

次の瞬間《しゅんかん》、テンポが変わる。金色にかがやく扇を開いた兄ちゃんは、早いテンポの曲に合わせて、扇をひらひらとゆらしながら舞ったかと思うと、陣羽織《じんばおり》のすそをひるがえし、あらあらしくとびはねる。

踊《おど》りなんて習ったことがなかったはずなのに、いつの間にこんなことができるようになったのだろう？

ふいに、水沢《みずさわ》さんがぼくを振《ふ》りかえった。ひとつうなずいて、にっこり笑う。その目が、「ね、すてきよね？」といっている。「……はあ」と、ぼくはぎこちなく笑いかえす。

水沢さんはぼくを、武将隊《ぶしょうたい》を応援《おうえん》する仲間だと思っている。おまけに、伊達政宗《だてまさむね》のファンだと思いこんでいる。

兄ちゃんのせいで、水沢さんにつかなくてもいいうそをついた。

じいちゃんは、熱中症《ねっちゅうしょう》になりかかった。

そう思ったら、だんだんはらがたってきた。

ステージでは、まだ演武《えんぶ》がつづいている。兄ちゃんを中心に、刀や扇《おうぎ》を手にした武将たちが、それぞれの舞《まい》を披露《ひろう》しはじめた。

「ちぇっ！」

ステージから視線《しせん》をそらして、ぼくは武将隊を見ている人たちに目をむけた。

観客席の前のほうに陣取《じんど》っているのは、圧倒的《あっとうてき》に若《わか》い女の人が多い。みんな熱心に演武を見ている。一方、客席のうしろのほうにすわっている人たちの年代はさまざまだ。小さな子どもを連れたお母さんもいれば、お年寄《としよ》りもいる。制服《せいふく》を着た学生もいれば、デパートの紙袋《かみぶくろ》をかかえたおばさんや、仕事の途中《とちゅう》らしいサラリーマンもいる。みんな「なにかわからないけど、とりあえず見ていこう」といった顔でステージをながめている。

おもしろいのは、たまたま通りかかった人たちの反応《はんのう》だ。客席の最後列にすわっている
ぼくのうしろには、入れかわり立ちかわり、いろんな人がやってくる。

「えーっ、武将《ぶしょう》？　超《ちょう》ウケるー！」

「やっぱあれかな、ゲームとかの影響《えいきょう》だよね」

「コスプレじゃないの？」

「あの三日月の兜《かぶと》の人が伊達政宗《だてまさむね》でしょ。あとは……だれ？」

中には、「え、ほんもの？」とつぶやいた人もいる。

ときどききこえてくる「伊達政宗、イケメンじゃん！」って声には、ムッとした。そして「なんだあれ、バカじゃね？」という声には、だよね！　と深くうなずいた。

気がつけば、演武《えんぶ》はクライマックスを迎《むか》えていた。兄ちゃんを中心に、武将たちが中央に集まり、ポーズを決める。――一瞬《いっしゅん》の間のあと、全員でさけんだ。

「われら、奥州《おうしゅう》・仙台《せんだい》　おもてなし集団《しゅうだん》　杜乃武将隊《もりのぶしょうたい》！　みなと、ともに前へ。仙台・宮城《みやぎ》、東北ーっ！」

うわーっと歓声《かんせい》が上がる。ものすごい拍手《はくしゅ》と歓声の中を、ふたたび兄ちゃんが前に出た。

「それでは最後に、ここに集まりしみなとともに勝鬨《かちどき》をあげる。成実《しげざね》！」

「ははっ」と、毛虫の前立《まえた》ての伊達《だて》成実が、兄ちゃんの前に進みでる。

「みなに勝鬨の案内《あない》をいたせ！」

「ははっ！」

一礼すると、成実は客席にむきなおった。

「勝鬨というのは、武士《ぶし》が戦《いくさ》に出陣《しゅつじん》する前におこなう、心をひとつにするための大事な儀式《ぎしき》じゃ。われら杜乃武将隊《もりのぶしょうたい》の勝鬨は、右手をかかげ『エイ・エイ・オー』と三度唱和いたす。みなの者、用意はいいかあーっ！」

「おーっ」

前のほうの人たちが腕《うで》を振《ふ》りあげてこたえる。もうすっかりなれているのだろう、美咲《みさき》も水沢《みずさわ》さんも「おーっ！」とこたえている。

「それでは御屋形《おやかた》さま……」

成実が兄ちゃんに場所をゆずる。えらそうに「うむ」とうなずくと、兄ちゃんはステージの中央に歩みでた。

「ここにつどいしみなみなの健勝と、仙台《せんだい》・宮城《みやぎ》、東北のますますの発展《はってん》、そしてみなの旅がさらによきものとなることを祈念《きねん》いたして、勝鬨《かちどき》じゃ。いざ！」

兄ちゃんが胸《むね》の前に右手をかまえた。それに合わせて武将《ぶしょう》たち、会場の人たちも右手をかまえる。

「ほら、春樹《はるき》くんも！」

水沢《みずさわ》さんにさそわれたものの、とてもそんな気になれない。ぐずぐずしているうちに、

「エイ・エイ・オー！」

勝鬨がはじまってしまった。

「エイ・エイ・オー！」

武将たちの声に合わせて、みんなもさけぶ。

「エイ・エイ・オ――――ッ！」

声とともに、こぶしが、高く、高くつきあげられた。

会場にいる全員の心が、ひとつになった。……ぼくをのぞいて。

「みなの者、まことに大儀《たいぎ》であった」

拍手《はくしゅ》が渦巻《うずま》く会場に、兄ちゃんの声がひびきわたる。

「われら杜乃武将隊《もりのぶしょうたい》はこれより、次なるおもてなしに出陣《しゅつじん》いたす」

一段《いちだん》と大きな拍手《はくしゅ》がわきおこる。気がつけば、ステージと観客席を取りかこむように、二重三重の人垣《ひとがき》ができている。そして、そこからも大きな拍手がおこっている。となりでは、水沢《みずさわ》さんと美咲《みさき》も、力いっぱい拍手をしている。

「それではみなの者、また会おうぞーっ！」

たくさんの拍手の中を、兄ちゃんを先頭に杜乃武将隊《もりのぶしょうたい》が去っていく。そのうしろ姿《すがた》を、ぼくはぼんやり見おくった。

中途半端《ちゅうとはんぱ》ににぎりしめた、右手のこぶしをもてあましながら。

五　美咲《みさき》

「春樹《はるき》くん、次は駅の外で、午後二時から『宮城《みやぎ》マスコットまつり』、そのあと午後五時から市民広場で七夕《たなばた》まつりのステージだけど、いっしょに見るわよね？」

「え？　次は市民広場じゃないんですか？　『かわら版《ばん》』には……」

「あんた、そんなことも知らないの？」

ふん！　と鼻をならして、美咲《みさき》はドヤ顔でつづけた。

「武将隊《ぶしょうたい》の出陣《しゅつじん》はぎりぎりになって変わることもあるから、スケジュールは公式ブログの『出陣予定！』でチェック！　これ、常識《じょうしき》ですから！」

「そんなの知らねーし！」とこたえるかわりに、「ふうん」とスルーした。

父さんがよく使う「スルー作戦」だ。父さんはこの作戦のおかげで、母さんとけんかになりそうな場面を何度も切りぬけてきたらしい。

思うに、ぼくの性格《せいかく》は父さんゆずりだ。むだに争ったり、がんばったりしたくない。スルーできるものはスルーする。母さんは「ヘタレ」っていうけれど、ぼくは「省エネスタイル」なんだと思ってる。「なんの」省エネになるのかは、わからないけど。

あんのじょう、美咲《みさき》も、つまらなそうな顔でだまりこんだ。

「このあと二時からの『宮城《みやぎ》マスコットまつり』には、政宗公《まさむねこう》と伊達成実《だてしげざね》さま、片倉小十郎景綱《かたくらこじゅうろうかげつな》さま、夕方からの七夕《たなばた》まつりステージには七人全員が出陣《しゅつじん》する予定なのよ」

水沢《みずさわ》さんが「ほらね」とスマホの画面を見せてくれる。

「いつも全員ってわけじゃないんだ……」

「全員演武《えんぶ》は見ごたえがあるけど、少人数でする『おもてなし』も楽しいものよ。武将《ぶしょう》さまとお話をしたり、サインをいただいたり、いっしょに写真撮影《しゃしんさつえい》もできるのよ」

「チャンス！」と、思ったのは一瞬《いっしゅん》だった。大勢《おおぜい》の人が見ている前で話しかけるなんて、できる気がしない。だいいち、ぼくが話したいのは兄ちゃんであって、伊達政宗じゃないし。

「さあ、『マスコットまつり』の前に、お昼を食べてしまいましょう。春樹《はるき》くん、おなかへったでしょう？　なにか食べたいものはある？」

「ええと……」

「あたしはハンバーガー！」

一瞬《いっしゅん》早く、美咲《みさき》がこたえた。こいつは「えんりょ」ってものを知らないらしい。

でも、悪くない。昨日《きのう》の夕飯はそうめんで、朝は納豆《なっとう》と漬《つ》けものと卵焼《たまごや》きだった。じいちゃんには悪いけど、そろそろファストフードが食べたいと思ってたんだ。

「あの、ぼくもハンバーガーがいいです」

水沢《みずさわ》さんは、ニコッと笑うと「じゃあそうしましょう」といって歩きだした。


「春樹《はるき》くんはどうして杜乃武将隊《もりのぶしょうたい》に興味《きょうみ》をもったの？」

ダブルチーズバーガーを食べおえたところで、水沢さんにきかれた。

「そもそも、どうして武将隊のことを知ったの？」

「それはええと……。よく覚えていないんですけど、なにかで見たんです。仙台《せんだい》を紹介《しょうかい》するテレビかなにかで。おとなが武将になりきって観光ピーアールをしているのを見て、すごく気になって。その人たち、いったいどんなことを考えているんだろう？　って思って」

半分はうそ、半分はほんとうだ。家族をほっぽらかして、兄ちゃんがなにを考えているのか、大勢《おおぜい》の人の前であんなことしてて はずかしくないのか、ぜひきいてみたい。

「逆《ぎゃく》に質問《しつもん》ですけど、水沢《みずさわ》さんはどうして武将隊《ぶしょうたい》を応援《おうえん》してるんですか？」

「え？」

「ぼくからすると、おとなが武将になりきって観光ピーアールをしてるのも不思議だけど、それを水沢さんみたいなおとなが応援しているのもすごく不思議なんです」

「なにそれ？　武将隊やおばあちゃんをバカにしてんの？」

飲みかけのバニラシェイクをドン！　とおいて、美咲《みさき》がぼくをにらんだ。

「ちがうよ。バカになんかしてないよ。ほんとうに知りたいんだよ」

「だいじょうぶよ、春樹《はるき》くん。バカにしているかどうかなんて、目を見ればわかりますよ」

水沢さんはそういってほほえむと、「そうねぇ」と首をかしげた。

「武将さまたちがなにを考えているか……というのにはこたえられないけれど、わたしたちがなぜ武将隊を応援しているのか、なら、こたえられそうね。話してもいい、美咲？」

それにはこたえず、美咲はぴょんと立ちあがった。そして、

「あたし、お手洗《てあら》いに行ってくる！　ついでにポテトも買ってくるね」

いうなり、走りだした。「話してもいいけど、ききたくはない」ってことらしい。

パタパタとかけてゆく美咲《みさき》の背中《せなか》を見おくったあと、水沢《みずさわ》さんはアイスコーヒーをひと口飲んで、口を開いた。

「わたしたちが武将隊《ぶしょうたい》を応援《おうえん》するようになったのは、じつは最近のことなの。今年のゴールデンウィークからよ」

「ってことは、応援をはじめてまだ三か月ちょっとってことですね」

「でもね、ずっと前から知ってはいたのよ。二〇一〇年に杜乃武将隊《もりのぶしょうたい》というものが結成されたというのは、ニュースになっていたから。でも、そのときはまったく興味《きょうみ》がなかったの。むしろ……なんだかなぁ、って思ってた」

「いっちゃった！」って感じで、水沢さんは肩《かた》をすくめた。

「武将の格好《かっこう》で仙台《せんだい》の観光ピーアールをするなんて、ふざけたものができたなぁと思っていたわ。たぶんそういう人が市民の中にも大勢《おおぜい》いたと思う。そのころは」

「それなのに、どうして？」

「それを話す前に、わたしたちの話をきいてもらってもいいかしら？」

そういうと、水沢《みずさわ》さんは椅子《いす》にすわりなおした。ぼくもつられてすわりなおす。

「わたしは今、美咲《みさき》と美咲の母親と、三人で暮《く》らしているの。今住んでいるアパートにひっこしてきたのは六年前、二〇一一年の六月のことでした」

「……二〇一一年」

ドキッとした。

「もともとわたしたちは四人家族で、仙台《せんだい》の海辺のまちで暮らしていたの。美しい干潟《ひがた》と、日本で二番目に低い山があったまちよ」

二〇一一年、仙台、海辺のまち——。それってもしかして……。

「春樹《はるき》くんもニュースで見たと思うけど、あのときの地震《じしん》と津波《つなみ》で、わたしたちも被災《ひさい》したの」

地震のときのことは、じいちゃんからきいている。家の中がめちゃくちゃになって、何日も避難所《ひなんじょ》に泊《と》まったこと。電気も水道もガスも使えなかったこと。水と食べものを手に入れるために、何時間もならばなければならなかったこと。テレビで、被災地の人がインタビューされているのも何度も見た。でも、実際《じっさい》に津波にあった人の話を、こんなふうに目の前できくのははじめてだ。

「だいじょうぶだったんですか?」

きいてから、しまった! と思った。だいじょうぶなわけがない。「地震《じしん》と津波《つなみ》で被災《ひさい》した」といってるんだから。でも、水沢《みずさわ》さんは気を悪くした様子もなくほほえんでくれた。

「さいわい、美咲《みさき》の母親が市の中心部で働いていて、その会社の援助《えんじょ》があったから、わたしたちはすぐに避難所《ひなんじょ》を出ることができたの。家族全員が亡《な》くなったり、今もまだ仮設《かせつ》住宅《じゅうたく》で暮《く》らしているかたたちにくらべれば、うちなんかまだいいほうだったわ」

おだやかな笑みをうかべたまま、水沢さんはストローでグラスの中身をかきまわす。カラカラと氷が明るい音を立てる。

「子どもの日にね、わたしは美咲を仙台城跡《せんだいじょうあと》に連れていったの。母親がいそがしくて、どこにも連れていってもらえないのがかわいそうで。そのときぐうぜん、杜乃武将隊《もりのぶしょうたい》に出会ったのよ。はじめて見る演武《えんぶ》にドキドキしたわ。武将さまたちの熱の入った演技《えんぎ》、踊《おど》り、語り。ふたりして、ただただ見とれていた。なによりわたしたちが胸《むね》をうたれたのは……」

水沢さんは、まっすぐぼくの目を見つめた。

「政宗公《まさむねこう》の声でした」

「……声？」

今年のゴールデンウィークといったら、その伊達政宗《だてまさむね》はすでに兄ちゃんだったはずだ。

「政宗公の声がね、美咲《みさき》の父親にそっくりだったのよ」

「だった？」

「美咲の父親はね、震災《しんさい》で亡《な》くなったの」

胸《むね》に、ズン！　と来た。

「美咲はまだ小さかったけれど、父親の声をちゃんと覚えていたのね。政宗公の声をきいた瞬間《しゅんかん》、息をのんだ。それから、ぽろっと涙《なみだ》をこぼしたわ」

あの美咲が？

「この六年間ではじめてよ、あの子が泣いたのを見たのは。きっと美咲なりにがんばっていたのね。それ以来、武将隊《ぶしょうたい》を、政宗公を夢中《むちゅう》で追いかけるようになったの」

「そうか」と思った。美咲にしてみれば、伊達政宗をバカにされるのは、父親をバカにされるのとおなじことだったのだろう。

「武将隊と出会ってから、美咲は変わった。スケジュールを調べて、武将隊が出るイベントは欠かさず見に行くようになった。よくしゃべるし、よく笑うようになったのよ。震災

の前みたいに」

水沢《みずさわ》さんがほほえんだ瞬間《しゅんかん》、タイミングを見はからったかのように、「ただいま！」という声が降《ふ》ってきた。

「買ってきたよ」

と、ポテトがのったトレーをテーブルにおいた美咲《みさき》の顔を、ぼくはまっすぐ見られなかった。

「あ、ありがとう」

ようやく声をしぼりだすと、美咲は一瞬《いっしゅん》いぶかしげな表情《ひょうじょう》をうかべた。が、すぐまたもとの顔にもどって、「いっただっきまーす！」と、目の前のポテトに手をのばした。

六　マスコットまつり

「それでは、マスコットのみなさんの登場です。みなさま、拍手《はくしゅ》でお迎《むか》えください」

仙台駅前《せんだいえきまえ》のペデストリアンデッキとよばれる通路の一角で、「宮城《みやぎ》マスコットまつり」はいきなりはじまった。

司会の人の合図で、どこからともなくおにぎりやいちごの形をした着ぐるみが十体ほど出てきた。それぞれ、宮城県の市やまちのマスコットキャラクターらしい。最後に、さっそうと出てきたのは武将《ぶしょう》たちだ。

「本日は、『奥州《おうしゅう》・仙台　おもてなし集団《しゅうだん》　杜乃武将隊《もりのぶしょうたい》』から、伊達政宗《だてまさむね》さま、伊達成実《しげざね》さま、片倉小十郎景綱《かたくらこじゅうろうかげつな》さまの三人にもご登場いただきました」

わきおこる拍手に、武将たちが手を振《ふ》ってこたえる。

「おばあちゃん、もっと近くに行こうよ」

美咲《みさき》は、バッグからデジカメを取りだしている。

「春樹《はるき》くんは？」

と振《ふ》りかえった水沢《みずさわ》さんに、

「ぼくはこのへんで見ています」

とこたえた。

「そう。じゃあ、もしはぐれたら、すぐに携帯《けいたい》に電話してちょうだいね」

そういって、水沢さんと美咲《みさき》は、そそくさと武将《ぶしょう》たちのほうへ歩いていった。

兄ちゃんは、すぐそこにいる。集まってきた人たちに声をかけたり、求められて握手《あくしゅ》をしたり、いっしょに写真におさまったりしている。

近づいて、声をかけるなら、今がチャンスだ。……でも、なんて？

こんな大勢《おおぜい》の中で、なんて声をかけたらいいのだろう。

どうやってとっちめたらいいのだろう。

じいちゃんがいてくれたら、なんとかしてくれるのに。

「どうぞみなさま、かわいいマスコットたちと自由にふれあってください」

司会の人にいわれるまでもなく、着ぐるみも武将たちも、すでに大勢のお客さんにかこまれている。

美咲《みさき》は？　とさがすと、人ごみの中で武将《ぶしょう》たちにカメラをむけている。それを、少しはなれたところで水沢《みずさわ》さんが見まもっている。

ふと、さっきの水沢さんの話を思いだした。

ふたりは、いったいどんな気持ちで兄ちゃんの声をきいているんだろう。

ぼんやり見つめていたら、水沢さんと目が合った。

まずい！　まずい、まずい！

あわてて視線《しせん》をはずし、人の陰《かげ》にかくれようとしたが、もうおそい。

「春樹《はるき》くーん！」

とよびかけられた。

「春樹くーん！　こっち、こっち！」

そーっと顔を上げると、水沢さんが笑顔で手まねきしている。

「いらっしゃい！　政宗《まさむね》さまと写真を撮《と》っていただきましょう！」

水沢さんのすぐ近くには……、三日月の前立《まえた》ての兜《かぶと》をかぶり、派手《はで》な陣羽織《じんばおり》を着た武将！

だよね？　こうなるよね？

悪気がないのはわかってる。むしろ、親切でしてくれているってこともわかってる。だけど、こまる！　心の準備《じゅんび》が、まだ全然できてないのに！

「ほら、はやく、はやく！」

水沢《みずさわ》さんは笑顔で手まねきしている。──しかたない、行くしかない。

じいちゃん、たすけて！　なんとかして！

念じながらうつむきがちに近づいたところで、水沢さんにふわっと両肩《りょうかた》をつかまれた。

「政宗《まさむね》さま、この子、東京から来たんです。武将隊《ぶしょうたい》に会いに来たんですって」

視線《しせん》の先に、兄ちゃんのつま先が見えている。黒い足袋《たび》のようなものをはいている。

「ほほう、江戸《えど》からわしらに会いに来てくれたとは、大儀《たいぎ》である。面《おもて》を上げられよ」

──美咲《みさき》のお父さんにそっくりだという声。でも、ぼくにとっては、やっぱりききなれた兄ちゃんの声だ。「春樹《はるき》、早くふろに入れ」とか、「プリンあるぞ」とかいってたころよりは、だいぶ大きく、低くなってるけど。

「いかがいたした少年？　こんな姿《すがた》をしておるが、わしはちっともこわくないぞ。安心して、顔を上げられよ」

兄ちゃんの軽口に、周囲から笑いがおこる。顔がカーッと熱くなった。

まだ気づかないの？　たったひとりの弟なのに？

そう思ったら、きゅうにはらがたってきた。

ぼくは両方の目に力をこめて、ゆっくりと顔を上げた。すそに赤い山形の模様《もよう》が入った黒い陣羽織《じんばおり》。金色の太刀《たち》。三日月の前立《まえた》てがついた黒い兜《かぶと》……。その奥《おく》に、なつかしい顔がある。切れ長の目が、一瞬《いっしゅん》大きく見ひらかれた。が、すぐにもどった。

「そなた、名はなんと申す？」

落ちつきはらった声。兄ちゃんはあくまで伊達政宗《だてまさむね》で通したいらしい。

「檜山春樹《ひやまはるき》……です」

「ひとりでわが城下《じょうか》へ参ったのか？」

「はい。あ、でも、ここへはじい……祖父《そふ》と来ました。祖父が仙台《せんだい》に住んでいるので」

「なるほど。で、そなたの父上、母上は息災《そくさい》であるか？」

「ソクサイ？」

「元気か、ってことよ」

水沢《みずさわ》さんが助け船を出してくれる。

「ソクサイです」

母さんは、すっごくおこってるけどね。

「それはなにより。して、そのほうのおじじさまはどちらにおられるのか？」

「帰りました！」

なんでこんなことを、敬語《けいご》でいわなきゃならないんだろう。こんなふざけた格好《かっこう》をして、水沢《みずさわ》さんに「政宗《まさむね》さま」とかよばれて、いい気になってる兄ちゃんなんかに！

「なぜ帰られた？　なにかあったのか？」

「兄ちゃんの様子を見に来て、具合が悪くなったんだぞっ！」って、いってやりたい。

「兄ちゃんのせいだからなっ！」って。でも……。

「どうした？」

「ソクサイじゃなくなったので」

「なんと！」

「熱中症《ねっちゅうしょう》でふらふらになって。そしたら、そこにいる水沢さんが助けてくれて……」

「そうであったか。して、そのほうはどうなのじゃ？　具合は？　熱はないのか？」

兄ちゃん……いや、伊達《だて》政宗が顔をのぞきこむ。

「だいじょうぶ！　……です」

思いっきり顔をそらしてやった。伊達政宗《だてまさむね》は「さようか」とつぶやいた。

「水沢殿《みずさわどの》、具合が悪くなったご老人を助けるとは、貴殿《きでん》らの振《ふ》る舞《ま》い、まことにあっぱれである。この地の領主《りょうしゅ》として、わしも鼻が高い」

水沢さんは、「恐悦至極《きょうえつしごく》に存《ぞん》じます」と頭を下げた。美咲《みさき》もうれしそうに頭を下げる。

ふたりは、こういうやりとりになれているらしい。

そのとき、「御屋形《おやかた》さま!」と、毛虫の前立《まえた》ての武将《ぶしょう》が近づいてきた。

「そろそろお時間にございます」

「そうか……。ではみなの者、わが城下《じょうか》がほこる『仙台七夕《せんだいたなばた》まつり』を、ゆるりと楽しまれよ。このあとわれらは夕刻《ゆうこく》より、市民広場にて演武《えんぶ》をご披露《ひろう》する。年に一度のまつりの夜を、われらとともに楽しもうではないか」

集まっていた人たちのあいだから、大きな拍手《はくしゅ》がわきおこる。

「夕刻、市民広場でまっておるぞ。それまで、しばしさらばじゃ!」

武将たちとともに、マスコットたちも手を振りながら帰っていく。

兄ちゃんは、振りかえらない。伊達政宗のまま歩いてゆく。——夢《ゆめ》で見たのとおなじだ。

と、思ったら、そばにいた武将になにか耳打ちした。次の瞬間《しゅんかん》、御札《おふだ》の前立ての武将がくるりと振《ふ》りかえった。あれはええと……片倉小十郎景綱《かたくらこじゅうろうかげつな》、だっけ？

「え？」

目が合った。その目が「にこっ！」とほほえんだ。……が、それも一瞬《いっしゅん》だった。

小十郎は、前を行く伊達政宗《だてまさむね》を追いかけていってしまった。

ふぅーっ。体中の力がぬけた。胸《むね》の中に、もやもやが広がってゆく。

「とっちめてやる！」とかいいながら、心のどこかで「春樹《はるき》じゃないか！」と、兄ちゃんがうれしそうに迎《むか》えてくれるのを期待していた自分に気づいたからだ。

仙台《せんだい》なんかに、来るんじゃなかった！

胸のもやもやは黒くなり、どうしようもなく苦くなった。

そのときだ。

「春樹くん！」

と、肩《かた》をたたかれた。

振りかえると、水沢《みずさわ》さんが笑顔で立っていた。そのうしろに、美咲《みさき》もいる。

「どうしたの、ぼんやりして。マスコットまつり、終わっちゃったわよ」

あわててあたりを見まわすと、あれほどいたお客さんはすでに消え、浜辺《はまべ》に取りのこされた貝殻《かいがら》のように、ぼくだけがぽつんとつったっていた。

「春樹《はるき》くん、政宗《まさむね》さまと話せてよかったわね」

「え、あ……はあ」

水沢《みずさわ》さんには悪いけど、どうしてもうれしそうな顔はできない。

「写真、いっしょに撮《と》れなくて残念だったわね」

「あたしは撮ってもらったけどね！」

ヘヘン！　という顔で美咲《みさき》が胸《むね》をはる。

「そう、よかったね」

これは、父さん直伝の「スルー作戦」じゃない。ほんとうにそう思ったんだ。水沢さんから、こいつの伊達《だて》政宗への思いをきいてしまったから。

「でも、まだチャンスはあるからだいじょうぶよ」

水沢さんはほほえんだ。

「これから行く市民広場でもチャンスはあるから。それがダメなら、明後日《あさって》のお城《しろ》ね」

「明後日？」

「ええ。明日は政宗さまは遠くに御出陣《ごしゅつじん》で、お城にはいらっしゃらないの。だからわたしたちも応援《おうえん》はお休み。そのかわり、明後日《あさって》はお城《しろ》よ。新しい演武《えんぶ》のお披露目《ひろめ》があるみたいだから『ぜったい見なきゃね』って、美咲《みさき》と話していたのよ。見たいでしょ、春樹《はるき》くんも」

「はぁ」

「じゃあ、とりあえずこれから市民広場に移動《いどう》し……」

「あ、あの、水沢《みずさわ》さん、ぼくちょっとつかれちゃったんで、市民広場はパスします」

「まあ、ほんと？」

ごめんなさい。うそです。――心の中で頭を下げた。

「一日休めばだいじょうぶです。明後日はいっしょに演武を見させてください」

「それはかまわないけど……だいじょうぶ？　ひとりで帰れる？」

心配そうな顔つきで、水沢さんはぼくを見つめている。

「だいじょうぶです。じいちゃんから、なにかあったらタクシーで帰ってきなさいっていわれてるんで」

「そう？　ほんとうにだいじょうぶなのね？」

水沢さんの、うたがいのまなざし。ぼくは「すごくつかれてます」「でも、タクシーで帰るぐらいの力はのこってます」的な演技《えんぎ》で「はい」とうなずいた。

「だいじょうぶっていってるんだから、だいじょうぶだよ。それより、早く行こうよ、おばあちゃん。早く行かないと、前のほうの席がうまっちゃうよ」

「え……ああ、そうね。それじゃあ、気をつけて帰ってね、春樹《はるき》くん。……じゃあ、行きましょうか、美咲《みさき》」

ふたりは連れだって歩きだした。と、思ったら、美咲がくるりと振《ふ》りかえり、ものすごいいきおいでかけもどってきた。

「あの、どうし……」

「うそつき!」

「え?」

「今日のところは見のがしてやるけど、明後日《あさって》はかならず来なさいよね! お城《しろ》に十時三十分集合だからね。おばあちゃんをがっかりさせたら承知《しょうち》しないからね! それから……」

一瞬《いっしゅん》、目をふせた。が、すぐまた視線《しせん》をもどした。

「あたしのこと、『この子、かわいそう』みたいな目で見るのやめて!」

ギラギラした目で、ぼくをにらみつけている。

「おばあちゃんの話、あれ、うそだから！」

いうだけいうと、美咲《みさき》はひらりと身をひるがえし、水沢《みずさわ》さんのほうにかけもどっていった。

なにがなんだかわからない。

うそって、どういうことだろう？

人ごみに消えてゆくふたりの背中《せなか》を、ぼくはぼんやり見おくった。

七　市民広場

駅を出たぼくは、タクシー乗り場……を通りすぎ、観光案内所でもらったパンフレットをたよりに、西にむかって歩きだした。目指すは、市民広場だ。

水沢《みずさわ》さんには悪いけど、ひとりきりで杜乃武将隊《もりのぶしょうたい》のステージを見てみたかった。

昨日《きのう》と、今日と、ぼくは三回、兄ちゃんが演《えん》じているのを見た。けれど、どの回も「ちゃんと見たのか？」ときかれたら、残念ながら首を振《ふ》るしかない。

一回目のお城《しろ》での演武《えんぶ》は、ひさしぶりに見た兄ちゃんの変わりようにおどろいて、ちゃんと見られなかった。

二回目の駅での演武は、じいちゃんが熱中症《ねっちゅうしょう》になりかけて帰っちゃったり、美咲《みさき》につっかかられたりして、最初からはらだちモードだった。

三回目の『宮城《みやぎ》マスコットまつり』は、いきなりすぎてなにもできなかった。

四回目なら、一回目よりは落ちついて、二回目よりはおだやかに、三回目よりは冷静に見られるはずだ。……たぶん。

そんなことを考えながら、五分も歩いただろうか。

「うわわわわっ」

アーケード街の入り口で、立ちつくした。アーケードの中が、人と七夕《たなばた》かざりとでいっぱいだったからだ。パンフレットによれば、小さな紙の花をびっしりつけた丸い大きな玉に、三メートルはゆうにある細長い紙をタコの足みたいにつけたかざりは「吹《ふ》き流《なが》し」というらしい。

横にわたした竹に、色とりどりの吹き流しが五つずつ。そんな七夕かざりが、アーケード街の外れまでつづいている。もちろん、むこうなんて見えやしない。こちらにむかってくる人をよけながら、吹き流しをかきわけ、かきわけ歩いてゆく。

これはやばいかも。

吹き流しでうめつくされたアーケードの中を歩いているうちに、汗《あせ》びっしょりになってしまった。このまま行ったら、じいちゃんの二《に》の舞《まい》になりそうだ。

「もう無理！」

三つ目のアーケード街に入ってしばらくしたところで、ギブアップすることにした。パンフレットでたしかめたら、アーケード街のひとつ南の通りは青葉通《あおばどお》りで、そこには、「るーぷる仙台《せんだい》」のバス停があることがわかった。

「よし、るーぷるで行こう！」

市内をぐるっとめぐる「るーぷる」に乗れば、お城《しろ》を経由《けいゆ》して市民広場まで行けるのは、昨日《きのう》じいちゃんと確認《かくにん》ずみだ。なにより、冷房《れいぼう》がきいたバスに乗れるのはありがたい。

ぼくはアーケードと交差する横丁をぬけ、青葉通りをわたってバス停にむかった。

「ラッキー！」

バス停についてまもなく、「るーぷる仙台」がやってきた。

車内はいい感じに冷えている。しかも、わりとすいてて、ぼくがひそかに王様席とよんでいる「バスの左側いちばん前の席」にすわることができた。超《ちょう》ラッキーだ。

席にすわって汗《あせ》をぬぐっていたら、「本日は、ようこそ仙台へおいでくださいました」と、運転手さんが話しはじめた。

「おかげさまで仙台は、また七夕《たなばた》の季節を迎《むか》えることができました」

運転手さんは、女の人だ。昨日じいちゃんと乗ったときの運転手さんはこんな話はしなかったから、なにを話すのかはそれぞれにまかされているらしい。

「みなさまご存《ぞん》じのように、今から六年前、ここ仙台《せんだい》をふくむ東日本は、マグニチュード九・〇という大地震《おおじしん》と地震による津波《つなみ》におそわれました」

バスの中がシンとする。

「これからむかう仙台城跡《せんだいじょうあと》もまた、被災《ひさい》した場所のひとつです。もっとも被害《ひがい》が大きかったのは、本丸北西の石垣《いしがき》です。ここは、全長二百メートルのうち三か所合計六十メートルが崩壊《ほうかい》。石垣の修復《しゅうふく》が完了《かんりょう》したのは、震災《しんさい》から四年後の二〇一五年二月のことでした」

ほうっと、車内のあちこちからため息がもれる。

「修復工事の際《さい》、この石垣は以前にも修復されていたことがあらたにわかりました。仙台《せんだい》藩祖《はんそ》・伊達政宗公《だてまさむねこう》がこの地に城《しろ》をきずいてから、東日本大震災《ひがしにほんだいしんさい》をふくめて少なくとも三度の大地震にあい、その都度修復され、今の姿《すがた》がございます。石垣をとおして、震災の記憶《きおく》を胸《むね》にとどめるとともに、ここにまちをひらいた政宗公に思いをはせながら、仙台城跡をご覧《らん》いただければさいわいです」

パチパチパチパチと、拍手《はくしゅ》がおこった。拍手をしながら、胸が痛《いた》くなるのを感じた。

兄ちゃんと連絡《れんらく》が取れなくなっていたあいだに、あのときとおなじような地震があったらどうなっていたのだろう。家族が知らないところで、けがをしていたかも。いや、もしかしたら、美咲《みさき》のお父さんみたいに……。

考えているうちに、むしょうにはらがたってきた。

家族に心配をかけっぱなしのくせに、なにが伊達政宗《だてまさむね》だよ！　なにがおもてなしだよ！

「兄ちゃんめ！」

つぶやいて、窓《まど》の外を流れる景色《けしき》をにらみつけた。


たどりついた市民広場は、思ったとおり、人であふれかえっていた。

正面にはステージ。そのまわりに食べものや飲みものを売っているテントがずらっとならんでいる。ぼくは、ステージ近くの入り口をさけ、できるだけ遠まわりして広場に入った。水沢《みずさわ》さんや美咲と顔を合わせないように。

それから、コーラと焼きそばを買いこんで、ステージがぎりぎり見える飲食スペースに陣取《じんど》った。最初からそれが目的だったみたいな顔をして。

杜乃武将隊《もりのぶしょうたい》の演武《えんぶ》はもう間もなくだ。ちらっと見ると、ステージの前の席はいっぱいで、そのまわりには人だかりができている。あの中に、水沢さんと美咲もいるはずだ。

冷たいコーラをひと口飲んで、焼きそばに箸《はし》をのばしたところで、太鼓《たいこ》の音がきこえてきた。ききながら、「るーぷる仙台《せんだい》」の中で考えた計画を、頭の中でおさらいした。

計画はこうだ。まず、武将隊《ぶしょうたい》の出番が終わったら控《ひか》え室《しつ》に行く。そして兄ちゃんに、父さんや母さんが心配してたことを伝える。母さんにたのまれていたデコピンもする。思いっきり痛《いた》いのをお見舞《みま》いしてやる。それくらい家族はおこってる……いや家族じゃなくて、ぼくがおこってるってことがわかるように！

「よし！」とうなずいて、ソース味の麺《めん》をずずっとすすった。その瞬間《しゅんかん》、テーブルのむかいがわにすわっていたおばあさんと目が合った。

白髪頭《しらがあたま》に白い帽子《ぼうし》をかぶり、ピンクのブラウスを着たおばあさんは、ラムネの瓶《びん》をもったまま、にっと笑った。笑うと目がへの字になるところが、写真でしか見たことのない仙台のおばあちゃんにちょっと似《に》ている。

えへっと笑いかえしたら、「おもしぇごだね」と、おばあさんが話しかけてきた。

「……はい？」

「あれ、おもしぇごだね」

ステージを指さしている。どうやら武将隊についていっているようだ。

「あいなぐ刀ば振《ふ》りまわして、まんずよぐけがしねごどねぇ」

「……はあ」

「お兄ちゃん、ばあちゃんがしゃべってっこど、はっぱりすか？」

「葉っぱ……ですか？」

「葉っぱでね、はっぱりだ。……さっぱりわがらねってこと！」

おなじテーブルにすわっている母さんぐらいの女の人が、クスクス笑っている。

「お兄ちゃんはどっから来たのすか？」

「東京です」

「あれまぁ、遠いどころがらよぐ来てけだごだぁ。七夕《たなばた》ば見に来たのすか？」

「え、あ、はあ、まあ」

笑ってごまかした。

「おばあさんは？　仙台《せんだい》の人なんですか？」

「んでねの。おらはもともと海のほうの者でがんす。震災《しんさい》で家、流されでまったんで、仙台に嫁《とつ》いだ娘《むすめ》の家の近くさアパート借りで住んでんの」

えっ？　今、家を流されたっていった？

「ほれ、あの津波《つなみ》でねぇ」

おばあさんはしわだらけの手で、緑色のラムネの瓶《びん》をなでている。

「家も田畑も、まるっと流されでまったのよ。んだども、おらはこうしてピンピンしてるし、おじいさんもまあまあ元気だし。身内を亡《な》くした人がたにくらべだら、おらえなどなんでもねえっちゃ」

笑顔で大きくうなずいて、おばあさんは手の中のラムネをひと口飲んだ。

自分よりつらい人のことをあげて、自分はまだいいほうだという。水沢《みずさわ》さんもおなじようにいってたっけ。なんだか胸《むね》がつまってきて、焼きそばをコーラで流しこんだ。

おばあさんは、笑顔のままゆっくりとステージに視線《しせん》をもどした。

ステージでは武将隊《ぶしょうたい》が熱演《ねつえん》している。音楽にまじって、兄ちゃんの声がきこえてくる。

「おもしぇもんだなあ。あいなかっこうしてなぁ。あの人がたはなんなのすか？」

「奥州《おうしゅう》・仙台《せんだい》　おもてなし集団《しゅうだん》　杜乃武将隊《もりのぶしょうたい》……っていうみたいです」

「へぇ。はっぱりわがんねけど、あの人はわがるよ」

おばあさんはステージを指さした。その先にいるのは、三日月の前立《まえた》ての武将だ。

「あれは伊達政宗公《だてまさむねこう》だべ？　んで、毛虫が兜《かぶと》にくっついでんのが伊達成実公《しげざねこう》」

「おばあさん、くわしいんですね？」

「わがっちゃ、だれ。このまちをつくった人だよ。仙台《せんだい》で政宗公《まさむねこう》を知らねぇ人はいねぇべよ。ねえ、奥《おく》さん、んだよねぇ」

「奥さん」とよびかけられた女の人は、うんうんと、大きくうなずいた。

「お兄ちゃんは、政宗公、知らねのすか？」

「知ってます」

たぶん、おばあさんとはちがう意味で、と、心の中でつけたした。

「あ、でも、ぼく、伊達成実公《だてしげざねこう》はよく知りませんでした」

「あいやー、成実公知らねの？　おらほの殿《との》さまなんだよ」

「おらほ？」

「おらの住んでだまちさ。亘理《わたり》っていうの。成実公は亘理の城主《じょうしゅ》で、強くてやさしくて、神さまみでえな殿さまであったんだと」

そういうと、おばあさんはうれしそうにステージを見つめた。

「あの、おばあさん」

「はい、なんだべ？」

ステージでは演武《えんぶ》も終わり、武将《ぶしょう》たちがマイクを使って仙台のピーアールをしている。

会場のお客さんをまきこんで、ときどき笑いがおこったりもしている。

「亘理《わたり》の人にとって神さまみたいな殿《との》さまを、あんなふうに演《えん》じてるの、おばあさんはどう思いますか？　いやな気持ちになりませんか？」

頭の中に、駅できいた「なんだあれ、バカじゃね？」という声がよみがえる。

おばあさんは、にっこり笑った。

「おらほの殿さまが、しゃべったり、踊《おど》ったりしてんの見れば、うれしいさ、だれ」

「そうなんですか？」

「おもしぇえものを見るのがつらいときもあるのはたしかだ。んでもよ、無理してでも笑うのよ。不思議なもんで、笑えば元気が出でくんだ。……ほれ、あれ、おもしぇえごだ」

ステージを見ると、兄ちゃんたちが明るい音楽に合わせて踊っている。それに合わせて、ステージのまわりにいる人たちも踊っている。

「あれね、武将隊《ぶしょうたい》のオリジナルソングで、『ございん音頭《おんど》』っていうんですって。『ございん』って、『いらっしゃい』っていう意味なんですよ」

女の人が教えてくれた。たしかにサビの「はあー　ございん　ございん！」というところで、両手を上げて、おいで、おいでをしている。

ふいに、おばあさんが立ちあがった。そして、ステージの兄ちゃんたちに合わせて、

「はあー　ございん　ございん！」と歌った。そして、踊《おど》った。

あっけにとられて見ていたら、「ほれ、お兄ちゃんも踊らいん！」とさそわれた。

「え、でも……」

「ほうれ、おもしぇえがら、早く、早く」

おばあさんに腕《うで》をひっぱられて、しかたなく立ちあがる。

「がんばれ！」と、さっきの女の人が、笑顔で拍手《はくしゅ》をしてくれる。

——はずかしい。けど、この状況《じょうきょう》ではやるしかない！

ステージは遠すぎて、細かい振《ふ》りつけはわからない。しかたないから、音楽に合わせてきとうに動いて、サビが来るのをまつことにする。

見れば、おばあさんも似《に》たようなものだ。笑顔で、ゆるく体を動かしている。

「さあ、みなの者、ごいっしょに！」

兄ちゃんがマイクでよびかける。——サビがやってくる！

「はあー　ございん　ございん！」

わあーっと会場から歓声《かんせい》が上がる。大きな拍手の中で「ございん音頭《おんど》」は終わった。

「はあ、おもしぇがった！」

おばあさんは子どもみたいに笑うと、

「お兄ちゃんも、踊《おど》り、うまがったぺっちゃ」

そういって、パチパチと手をたたいた。女の人も、うなずきながら拍手《はくしゅ》をしてくれている。その拍手が、まわりの席の人たちにも広がる。みんな笑顔だ。

「あ、ありがとうございます」

ぺこりと、頭を下げた。

家族でもない、友だちでもない、ぜんぜん知らない人たちから拍手をもらうなんて、生まれてはじめてだ。

なんだかはずかしい。……けど、ちょっとうれしい。

「ああ、いい顔だ。どうだ、お兄ちゃん、元気出たべ？」

あははと笑って、おばあさんはラムネをごくんと飲みほした。それから、カラン、カラン、瓶《びん》を振《ふ》って中身がないのをたしかめると、「んでまず」と頭を下げて、人ごみの中に消えていった。

気がついたら、武将隊《ぶしょうたい》のステージは終わっていた。

結局、ぼくはそのままタクシーに乗って、じいちゃんの家へむかった。

演武《えんぶ》が終わったら控《ひか》え室《しつ》に行って、今度こそ兄ちゃんにデコピンをくらわせてやるはずだったのに、とてもそんな気持ちにはなれなかった。原因《げんいん》は、亘理《わたり》のあのおばあさんだ。

おばあさんは、杜乃武将隊《もりのぶしょうたい》を見てとっても楽しそうだった。自分のところの殿《との》さまが歌ったり踊《おど》ったりしているのを「うれしい」といっていた。家も畑も流されて、つらいことがいっぱいあるはずなのに、「はあ、おもしぇがった！」と笑っていた。

武将隊が人気なのはイケメンぞろいだからだと思ってたけど、それだけじゃないような気がしてきた。

「……うーん」

こぶしを振《ふ》りあげた相手が人ちがいだったみたいな、モヤモヤした気持ちだけがのこった。

八　兄ちゃん

「春樹《はるき》、おい、春樹」

いきなり、肩《かた》をゆすられた。

「おきなさい、春樹」

うっすらと目を開けると、白っぽい明かりが目にとびこんできた。そのむこうに、妖怪《ようかい》の目みたいな天井板《てんじょういた》の模様《もよう》も見える。

「あれ？　もう朝？」

「なにを寝《ね》ぼけとるんだ、まだ夜だ。午後十一時をすぎたところだ」

「……じいちゃん？」

「そうだ。とにかく、目をさましなさい、春樹」

まだ夜だっていうのに「目をさませ」だなんて、いったいどうしちゃったんだろう？

「春樹！」

光の中から、べつの声がきこえてきた。

「春樹《はるき》、ほら、おきろ」

「……えっ？」

人影《ひとかげ》が、ぼくの顔をのぞきこんでいる。部屋の明かりがまぶしすぎて、顔だちまではわからない。

「ほら、おきろってば。時間がないんだからさ」

影《かげ》からにゅっと手がのびてきて、ぼくの鼻をつまんだ。

「いてっ！」

振《ふ》りはらって、とびおきた。目をこすり、あたりを見まわす。

「よ、ひさしぶり！」

ベッドの横に、見覚えのある顔が立っていた。

よれよれのシャツに細いジーパン。長い髪《かみ》を頭のうしろで無造作《むぞうさ》にまとめた姿《すがた》で、笑っている。

「兄ちゃ……ん？」

「おう。春樹、背《せ》がのびたな。昼間会ったときは、一瞬《いっしゅん》だれだかわからなかったぞ」

姿《すがた》はあまりにもちがうけど、この声は、たしかに昼間会った伊達政宗《だてまさむね》の声だ。

「どういうこと？　どうしてここにいるの？」

「それはこっちのセリフだよ。もともとここはおれの部屋で、このベッドはおれのベッドだ！」

たしかにそうだけど……。いやちがう、そういうことじゃない！

「ぼくがいいたいのは……」

「わかってるって。じいちゃんが具合悪くなったってきいたから、心配になって来てみたんだよ。それより春樹《はるき》、なんで市民広場に来なかったんだ？　おれはてっきり会いに来てくれるもんだと思って、まってたんだぞ」

「行ったよ」とは、いいたくない。

「なんとか見つけようとしたけど、ステージのまわりに姿はないし、控《ひか》え室《しつ》にもたずねてこないし。おまえまで具合が悪くなったんじゃないかと思って、心配したよ」

「行こうと思ってた」ともいいたくない。

「いそがしいのに、心配かけてすまなかったな、夏樹《なつき》。春樹はなあ、わしのことを心配して、早めに帰ってきてくれたんだ」

「……で、じいちゃん、具合はどうなの？　もうだいじょうぶなの？」

「ああ、わしはこのとおり、もうだいじょうぶだ。熱中症《ねっちゅうしょう》になりかかったらしい。血圧《けつあつ》も上がったみたいで。水沢《みずさわ》さんのおかげで助かったよ。まったく、年はとるもんじゃないな」

開けはなった窓辺《まどべ》の椅子《いす》に腰《こし》かけて、じいちゃんは「やれやれ」と首のうしろをなでる。

「で、春樹《はるき》はどうなんだ？　おまえも熱中症になりかけたんじゃないのか？」

兄ちゃんは、ひょいと額《ひたい》に手をのばしてきた。小さいころ、よくやったみたいに。

その手を、パシッとはらいのけた。

「ぼくのことなんかいいよ。それより、じいちゃんにあやまってよ」

「えっ？」

「じいちゃんだけじゃないよ。父さんと母さんにも、ちゃんとあやまってよ。家族はみんな、兄ちゃんのこと、すっごく心配してたんだぞ」

言葉にしたら、あらためて怒《いか》りがこみあげてきた。

「大学を勝手にやめちゃって、家に連絡《れんらく》もしないで」

「まあまあ、春樹。夏樹《なつき》もこうして元気にやってるんだから、いいじゃないか」

「よくないよ！　ちっともよくない！　ようやく連絡《れんらく》をよこしたかと思ったら、あんなへんてこな手紙で。父さんも母さんも、おこってた。おこって、ぼくを仙台《せんだい》によこしたんだよ。兄ちゃんがなにをしてるか見てきてくれって」

「うん」

神妙《しんみょう》な顔で、兄ちゃんがうなずく。それを見たら、ますますはらがたってきた。だって、兄ちゃんはもともとまじめな人で、親に心配をかけて平気でいられるような人じゃなかったんだ。

「今までなにしてたの？　兄ちゃんが見つけた『やりたいこと』ってなんなの？　武将《ぶしょう》の格好《かっこう》をして、みんなにちやほやされることなの？」

兄ちゃんが、ハッとした顔でぼくを見つめた。

「大学をやめたとき、じいちゃんだけだよ、兄ちゃんをかばってくれたのは。『ほんとうにやりたいことが見つかっただけでも、りっぱなもんじゃないか』って。昨日《きのう》だって……」

「え、昨日？　昨日も、見てくれてたのか？」

「見てたよ！　だって、父さんと母さんにたのまれたんだから。じいちゃんだけだからね、

『足軽《あしがる》の家柄《いえがら》の檜山家《ひやまけ》の孫が、戦国大名になるなんてえらい出世じゃないか』ってよろこんでたのは。『ばあさんにも見せてやりたかったなぁ』なんていって、泣きそうになってさ」

「そうか……。で、春樹《はるき》は？　春樹はどう思った？」

しずかで、まっすぐで、うそなんかすぐに見すかされてしまいそうな兄ちゃんのまなざし。

「ぼくは、最後まで見なかった。見てらんなかった！」

「春樹、やめなさい」

「家族に心配かけてるくせに、『御屋形《おやかた》さま』とかよばれていい気になって！」

「そんなふうにいうもんじゃない！」

はじめて見る、じいちゃんのおこった顔。でも、負けるもんか！

「おとなのくせに、チャンバラごっこみたいなことして、はずかしくないのかよ！」

「春樹っ！」

「いいんだ、じいちゃん！」

兄ちゃんが、ゆらりと動いた。

「ごめん。おれ、みんながそんなに心配してくれてたなんて知らなくて。ほんとごめん」

ふかぶかと頭を下げた。


どこかで、犬がほえている。車の音はきこえない。耳をすますと、かすかに川のせせらぎもきこえてくる。——あれは、広瀬川《ひろせがわ》だ。

じいちゃんの家のあるあたりは、その昔、侍屋敷《さむらいやしき》があったという古い住宅地《じゅうたくち》で、夜になるとこわいくらいしずかになる。今が、いつの時代なのかわからなくなるくらいに。

「きっかけは、大学一年の秋、ある芝居《しばい》を見たことだった」

ベッドのはしに腰《こし》を下ろして、兄ちゃんはひっそりと話しだした。

「震災《しんさい》から二年半がすぎたこのまちに、復興応援《ふっこうおうえん》ってことで、東京の有名な劇団《げきだん》が公演《こうえん》にやってきたんだ。会場は、近くの高校の礼拝堂《れいはいどう》だった」

「礼拝堂？　ホールじゃなくてか？」

じいちゃんがたずねた。

「うん。なんせ無料だったからね。それほど興味《きょうみ》はなかったんだけど、礼拝堂で芝居をするっていうのがおもしろそうで、ひとりで見に行ったんだ。はじめて見たなまの芝居、めちゃくちゃおもしろかった。小さな礼拝堂《れいはいどう》が島になったり、宇宙《うちゅう》になったりして……おどろいた。役者が、からだひとつで笑わせたり、泣かせたり、感動させたりするの、すごいって思った」

「それで？　それで役者になろうと思ったのか？」

「うん」

じいちゃんの問いかけに、兄ちゃんはすなおにうなずいた。

「その劇団《げきだん》の人たちは、東北の人たちを元気づけるために来てくれた。そして、見た人は実際《じっさい》に元気になった。少なくとも、おれはなったんだ。芝居《しばい》には、人を元気にする力があるって知って、おれもやってみたい！　役者になりたい！　って思ったんだ」

「兄ちゃん、家にいたとき、そんなこと一度もいってなかったよね？」

いじわるな質問《しつもん》だと、自分でも思う。でも、きかずにはいられなかった。

だって、ずっといっしょにいたのに。ふたりきりの兄弟なのに！

「家にいたころは、考えたこともなかった。おれ、人前に出るのも人と話すのも苦手だったし、本を読む以外にやりたいこともなかったから、部活とかもしてこなかった。その芝居を見てはじめて、役者になりたい！　って思ったんだ」

「だったらさ、大学をつづけながら、お芝居《しばい》をすればよかったじゃん」

「いや」と兄ちゃんは首を振《ふ》った。

「やるなら、きちんとやりたいと思ったんだ。とにかく、芝居の勉強をしなきゃって。大学をやめてじいちゃんの家を出てから、アルバイトをしながら専門《せんもん》学校に通った。地もとの小さな劇団《げきだん》にも入って公演《こうえん》にも出た」

いきなり劇団に入るんじゃなくて、「勉強しなきゃ」と考えたところが兄ちゃんらしい。

「杜乃武将隊《もりのぶしょうたい》は？　どうして武将隊に入ろうと思ったの？」

「武将隊に入ることをすすめてくれたのは、お世話になった専門学校の先生だった。そんなに芝居が好きなら、いいオーディションがあるぞって。先生は、武将隊が二〇一〇年に仙台《せんだい》の観光ピーアールのためにつくられたことや、震災後《しんさいご》、被災地《ひさいち》の人たちを元気づけたこと、それから、支援《しえん》のお礼を伝えるために全国をまわったことを教えてくれた」

「そのニュース、わしも見たおぼえがあるぞ。たしか、仙台市長からの手紙をもって、全国の政令指定都市《せいれいしていとし》をたずねたんだったよな？　復興《ふっこう》にむかう仙台・宮城《みやぎ》の様子を伝えて、観光ピーアールもしたとか」

「うん、それをきいておれ、感動したんだ。芝居で人の役に立つことができるってことに、わくわくした」

「で、オーディションに合格《ごうかく》したんだな？　わしには『観光関係の仕事』といってたが」

「ごめん、じいちゃん。そのときはまだ、ちゃんとやれるかどうか自信がなかったんだ。合格するとすぐに歴史の勉強や演武《えんぶ》の稽古《けいこ》がはじまった。おれ、竹刀《しない》もにぎったことがなかったから、刀とか甲冑《かっちゅう》の重さになれるのもたいへんだったよ」

そういって兄ちゃんは小さく笑った。昔からやせてたけど、今はさらに細くなっている。でもヒョロヒョロに見えないのは、筋肉《きんにく》がついてからだがひきしまっているからなんだろう。

「稽古と勉強で毎日へとへとで、アパートに寝《ね》に帰るだけの日々《ひび》がつづいた。家に連絡《れんらく》しようなんて、考えることすらできないぐらいいそがしかったんだ」

「それでも、がんばれば電話ぐらいできただろ！」

いってしまった。自分でも、びっくりするぐらい大きな声で。

「……うん、ごめん」と、兄ちゃんがうなだれる。

すぐに後悔《こうかい》した。ちがう、ぼくがいいたかったのは、そんなことじゃない。ほんとうは、「それでも、電話してほしかった」っていいたかったんだ。

「家に連絡《れんらく》しなきゃ、とは思ってたんだ。でも、なんとなくしづらくて……」

ベッドのはしに腰《こし》かけて、兄ちゃんがぽつりぽつりと話している。背中《せなか》をまるめて、考え考え、言葉をしぼりだしている。昼間見た伊達政宗《だてまさむね》とおなじ人とは思えない、たよりない姿《すがた》――ぼくがよく知っている兄ちゃんの姿だ。

「まだなにもできていない状態《じょうたい》だったから、ちゃんと伝える自信がなかった。そんな状態で連絡しても、かえって心配をかけるだけだと思ったんだ。あのさ、武将隊《ぶしょうたい》は今でも被《ひ》災地《さいち》によく行くんだ。震災《しんさい》から六年がすぎたけど、沿岸部《えんがんぶ》はまだ傷《きず》だらけなんだ」

ぼくは、水沢《みずさわ》さんや亘理《わたり》のおばあさんの顔を思いだした。

「つらい景色《けしき》をいっぱい見たよ。まだまだ生活できる状態にない場所や、家や家族を失った人たちを前にして、こんなことをしていてなんの役に立つんだろう？　と思ったこともある。武将隊をこころよく思わない人もいるんじゃないかと、なやんだりもした」

チリッと、胸《むね》が痛《いた》む。

駅で演武《えんぶ》を見ていたとき、通りかかった人がつぶやいた、「なんだあれ、バカじゃね？」という声を思いだした。心の中で「だよね！」とうなずいたことも。

「でもさ……じいちゃん」

兄ちゃんが顔を上げた。そして、じいちゃんのほうにむきなおった。

「笑われるかもしれないけど」

「ん？」

「バカみたいだと思われるかもしれないけど……」

「なんだ、夏樹《なつき》？」

「杜乃《もりの》武将隊《ぶしょうたい》の一員として活動しているうちに、思ったんだ。ひとりでも、ふたりでも、武将隊を見て元気になってくれる人がいるのなら、やろう！　って」

「うん」と、じいちゃんがうなずく。

「よそから来た人に、それから今住んでいる人たちにも、このまちをもっと好きになってもらえるようにがんばろう！　って」

「うん、うん」

「だって、ここは……」

目をふせて、兄ちゃんはすうーっと息をすいこんだ。

「ここは、おれの……」

しぼりだすような声。

「おれの、まちだから！」

いいきって、兄ちゃんがじいちゃんを見つめる。まっすぐな、強いまなざしで。

そんな兄ちゃんを、じいちゃんも見つめかえす。なにかを見きわめるような、きびしいまなざしで。

シンとしずまりかえった部屋に、広瀬川《ひろせがわ》のせせらぎの音が流れこんでくる。

ふいに、じいちゃんの表情《ひょうじょう》がゆるんだ。

「あっぱれだ、夏樹《なつき》。あっぱれだ！」

うなずきながら、じいちゃんはつづけた。

「それでこそ、仙台藩初代藩主《せんだいはんしょだいはんしゅ》・伊達政宗公《だてまさむねこう》だ！」

「じいちゃん……」

つぶやいた瞬間《しゅんかん》、兄ちゃんの目から涙《なみだ》がこぼれおちた。

九　デコピン

「もう行かなきゃ」

涙《なみだ》をぬぐって、兄ちゃんがつぶやいた。

「おれ、明日も早いんだ」

時計は、午前零時《れいじ》をすぎている。

「すぐには帰れないけど、家に、電話だけは入れるよ。父さんと母さんに心配をかけたこと、ちゃんとあやまるよ」

「そうだな。声をきかせて、安心させてやるといい」

「東京にもときどき行くんだけど、ほとんど自由な時間はないんだ。荷物も多いし。それに、その……仕事だから」

「わかってるよ。さ、早く行きなさい」

笑顔のじいちゃんにうながされて、兄ちゃんはようやく立ちあがった。

「おやすみ、じいちゃん。からだ、大事にね」

「うん、うん」

「春樹《はるき》、あのさ……」

兄ちゃんが口を開く前に、ぼくは部屋をとびだした。

そしてそのまま、階段《かいだん》をかけおりて玄関《げんかん》にむかった。


「春樹？」

兄ちゃんが二階から追いかけてきたけど、完璧《かんぺき》に無視《むし》だ。

ぼくはだまって、上《あ》がり框《がまち》に立っている。——いいよね、これくらいいじわるしても。

土間に下りて靴《くつ》をはいた兄ちゃんは、帽子《ぼうし》をいじったり、ポケットに手をつっこんだりしながら、ぼくを見つめている。「なにかいってくれ」という心の声がきこえるようだ。

そうかんたんにゆるしてなんかやるもんか！

「夏樹《なつき》、もういいから帰りなさい」

二階から、じいちゃんが下りてきた。

「春樹のことはわしにまかせて。明日、早いんだろう？」

兄ちゃんは、なにかいいかけて、うなずいた。そして、

「じゃあな、春樹《はるき》。……おやすみ、じいちゃん」

そういうと、カラカラと玄関《げんかん》の引き戸を開けて出ていった。

「気をつけてな」

じいちゃんが土間におりて兄ちゃんを見おくる。その背中《せなか》ごしに兄ちゃんが見える。

門までの小道を、兄ちゃんが歩いてゆく。少し丸まった背中がひと足ごとにのびてゆく。

門の外には夏の闇《やみ》が広がっている。その闇にむかって、顔を上げ、前をむいて、足をふみだす。振《ふ》りむきもしないで……。

「いいか、春樹」

ふいに、夢《ゆめ》の中の兄ちゃんの声が、よみがえる。

「おれたちはこれから旅に出るぞ」

そうだ。ぼくらは、いつだっていっしょだった。

「ぜったいにはなれるなよ。もしはぐれたら、すぐに兄ちゃんをよべよ」

そういってたのに！　兄ちゃんは、ぼくをおいて、ひとりきりで旅に出た。

——そして、たぶんもうもどってこない。

「兄ちゃん！」

気づいたら、かけだしていた。はじかれたように、背《せ》の高いシルエットが振《ふ》りかえる。

「兄ちゃん！」

かけよって、その顔を見あげた瞬間《しゅんかん》、あたりがじわっとにじみはじめた。

「どうした、春樹《はるき》？」

こたえるかわりに、兄ちゃんのシャツのすそをぎゅっとにぎった。

そんなぼくを、兄ちゃんはじっと見つめている。

どれくらいそうしていただろう。

「春樹……」

ふいに兄ちゃんが動いた。ぼくの頭に手をおくと髪《かみ》をくしゃくしゃにした。小さいころ、よくそうしてくれたみたいに。

「ごめん。おまえにも心配かけたな。約束、守れなくてごめんな」

……覚えていてくれたんだ。

ぼくは、シャツのすそをつかんだまま、あらためて兄ちゃんの顔を見あげた。

間近で見る兄ちゃんの顔は、あいかわらず小さい。けれど、日に焼けてすっかりたくましくなっている。その目に、今にも泣きだしそうな顔をしたぼくがうつっている。

「兄ちゃん」

「んっ？」

「これ」

兄ちゃんの顔の前に、右のこぶしをつきだした。

「なんだ？」と顔をよせた兄ちゃんの額《ひたい》に、

「これ、母さんから！」

いいながら、パチン！　デコピンをお見舞《みま》いした。

兄ちゃんは、額に手をあて、ぽかんとしている。次の瞬間《しゅんかん》、目をしばたたかせると、ニッと笑って「うん！」とうなずいた。

――なつかしい笑顔。

政宗《まさむね》のときとはちがう、地味で、まじめで、やさしい、兄ちゃんの笑顔だ。

ぼくはようやく、ぼくの兄ちゃんに会えた気がした。

十　おもてなし

「こんにちはー」

「ようこそ参られた！」

「お写真、お撮《と》りしましょうか？」

真夏の太陽をあびながら、侍《さむらい》が声を上げている。仙台城跡《せんだいじょうあと》の、政宗公《まさむねこう》の騎馬像《きばぞう》の下だ。

ひとりは、黒っぽい着物に黒い鎧《よろい》、兜《かぶと》には御札《おふだ》の前立《まえた》て。背中《せなか》に黒い釣鐘《つりがね》の模様《もよう》がついた陣羽織《じんばおり》を着ている。もうひとりは、紺色《こんいろ》の着物に黒い鎧、三角形の陣笠《じんがさ》をかぶっている。

ふたりは、やってくる観光客に、ひっきりなしに声をかけつづけている。

「七夕《たなばた》はもうご覧《らん》になりましたかな？」

「今日も暑いのう！」

「ぞんぶんに楽しんでいってくだされ」

午後二時、今日も太陽はパワー全開で照りつけている。

ちょっとひなたに出ると、体中から汗《あせ》がふきだす。腕《うで》とか、足とか、首のうしろとか、日光が直接《ちょくせつ》あたっているところがじりじりと焼けているのがわかる。T《ティー》シャツにハーフパンツのぼくでさえこれほど暑いんだから、甲冑《かっちゅう》に身をつつんでいる武将《ぶしょう》や足軽《あしがる》は、いったいどれほど暑いんだろう。

木陰《こかげ》のベンチにすわって、ぼくはふたりの姿《すがた》をこっそりスマホで撮《と》っている。母さんに送るためだ。

今朝母さんに電話したら、兄ちゃんのことはそっちのけで、杜乃武将隊《もりのぶしょうたい》のことばかりきかれた。「演武《えんぶ》って、なんなの？」「おもてなしって、なにをするの？」「夏樹《なつき》以外の武将はどんな感じなの？」って。ぼくを仙台《せんだい》に送りだしたあとパソコンでいろいろ調べて、がぜん興味《きょうみ》をもったらしい。

「そんなの、いっぺんにこたえられないよ」っていったら、「だったら、写真だけでも送って」だって！

「ただし」と条件《じょうけん》がつけられた。

「塾《じゅく》を休んでる分、学校の宿題はちゃんとやること。暑いから、無理して出歩かないこと。それから、おじいちゃんはできるだけ家で休ませること。わかった？　じゃあ、写真、早く送ってね」

いいたいことだけいって、母さんは電話を切った。

暑いから出歩くなっていってるわりには、写真を早く送れだなんて、意味がわからない。じいちゃんにそういったら、「檜山家《ひやまけ》の女は、みんなそうなんだ。ばあさんもそうだった」って笑ってたけど。

結局、午前中、宿題を片《かた》づけてから、ぼくはひとりで仙台城跡《せんだいじょうあと》にやってきた。「演武《えんぶ》もいいけど、少人数でおこなうおもてなしもいいものよ」と水沢《みずさわ》さんはいっていた。その「おもてなし」ってやつを、見てみたいと思ったんだ。

スマホでブログをチェックしたら、今日、お城《しろ》には、片倉小十郎景綱《かたくらこじゅうろうかげつな》と足軽《あしがる》・光《ひかる》が出陣《しゅつじん》すると書いてあった。――つまり、あのふたりは片倉小十郎景綱と足軽の光ってことだ。

七夕《たなばた》まつりの最中だからか、それともひどい暑さだからか、お城にやってくる観光客は思ったほど多くない。「るーぷる仙台」が到着《とうちゃく》する時間に、二組か三組ぐらいがやってくるだけだ。その人たちでさえ、暑さにおどろいて、風景をながめるのもそこそこに、土産《みやげ》もの屋《や》やレストランが入っている建物のほうに行ってしまう。

「こんにちは」

「どちらから参られた？」

「水分補給《ほきゅう》をわすれぬようにな」

陽炎《かげろう》がゆれる城跡《しろあと》はみょうにしずかで、蝉《せみ》の声と武将《ぶしょう》たちの声だけがひびいている。ときどきスマホで写真を撮《と》りながら、ぼくはふたりの姿《すがた》をぼんやりながめていた。


「……もし」

「……もし」

遠くのほうから声がする。だれかがからだをゆすっている。

「……もし！」

「……もしっ！」

うっすらと目を開けると、

「大事ないか？」

目の前に顔が現《あらわ》れた。逆光《ぎゃっこう》でよく見えないけど、甲冑《かっちゅう》を着ている。兜《かぶと》についているのは、御札《おふだ》の前立《まえた》て。この人はたしか……。

「か、片倉小十郎《かたくらこじゅうろう》……さん？」

「おう、わが名をご存《ぞん》じであったか。いかにも、わしは片倉小十郎景綱《かたくらこじゅうろうかげつな》である」

「え？　ええっ？」

あわてておきた。手の中のスマホがすべりおちそうになったのを「おっと！」と、
小十郎さんが受けとめてくれた。

どういうこと？　ぼく、いったいどうしちゃったんだろう？

「はは、目がさめたか。気分はどうじゃ。頭は痛《いた》くないか？」

きりっとした太い眉《まゆ》。切れ長の目。りりしい顔立ちの小十郎さんは、さわやかな笑顔で
そういった。

「あの……ぼく、いったい？」

「うとうとしておったのだ。ここは木陰《こかげ》で気持ちいいからな。でもな、こんなところでう
たた寝《ね》したら危険《きけん》じゃや。熱中症《ねっちゅうしょう》になるぞ」

そうか、寝ちゃったんだ。それを注意しにきてくれたんだ。

「あの、ありがとうございます」

「うむ」

甲冑姿《かっちゅうすがた》でうなずく小十郎さんは、話しかたも立《た》ち居振《いふ》る舞《ま》いも自然で、ほんとうに戦

国時代からタイムスリップしてきた人みたいだ。

「ところでひとつたずねるが、おぬし、もしや昨日《きのう》、仙台駅《せんだいえき》に来ておらなんだか？」

「え、どうしてそれを？　……あ！」

思いだした。この人、「マスコットまつり」が終わって兄ちゃんが帰ろうとしていたとき、振《ふ》りかえってくれた人だ。

「やはりそうであったか。……で、今日はいかがなされた？　本日、仙台城《せんだいじょう》での演武《えんぶ》はない。残念ながら殿《との》のご出陣《しゅつじん》もないのだが、……きいておらなんだか？」

ハッとした。この人、もしかしてぼくのことを知ってる？

「あの、小十郎《こじゅうろう》さん。兄ちゃ……兄は、ぼくのことを小十郎さんに話したんですか？」

「おう。殿は昨日、帰陣《きじん》するときわしをよんで、『弟が来ておる』とささやかれた」

「ほかになにかいってませんでしたか？」

「おどろいた！　と」

ニコッ！　と、音がしそうな笑顔で、こたえてくれた。

「あの、ほかには？」

「それだけだ」

がっかりしたのが伝わったのだろう、小十郎《こじゅうろう》さんは笑顔でつけたした。

「誤解《ごかい》してはいかん。殿《との》はふだん、たいへん口数が少ないおかたであるから、それだけでもようしゃべったほうなのだ。むしろ、自分のことをそのように話されておどろいたぐらいだ」

人見知りなところは、家にいたころとちっとも変わってないらしい。

「で、弟殿、そなた、名はなんと申す？」

「春樹《はるき》です。檜山《ひやま》春樹、五年生です。東京から来ました」

自己紹介《じこしょうかい》をしながら、ふと、あることを思いついた。

「あの、小十郎さん、ききたいことがあるんですが、いいですか？」

「おう、なんなりとたずねるがよい」

うなずいてくれた、そのときだ。「小十郎さまーっ」と声がした。見ると、足軽《あしがる》がこっちにかけてくるところだった。

「どうした、光《ひかる》！」

光とよばれた足軽は、ほっそりとして背《せ》が高く、陣笠《じんがさ》の奥《おく》の顔はモデルみたいにととのっている。小十郎さんといい、光さんといい、杜乃《もりの》武将隊《ぶしょうたい》はほんとうにイケメンぞろいだ。

「小十郎《こじゅうろう》さまに遠くから会いにいらしたというお客人がお見えです。花押《かおう》をいただき、いっしょに写真を撮《と》りたいとおっしゃっておられます」

「そうか、すぐ参る」

小十郎さんがこたえると、光《ひかる》さんはニコッと笑った。それから、

「こんにちは！」

と、ぼくに声をかけると、すぐまた騎《き》馬《ば》像《ぞう》のほうにかけもどった。

「春樹殿《はるきどの》」

「はい」

「相すまぬが、客人が見えた。悪いが、おもてなしが終わるまで、まっていてはもらえまいか。三時にわれらは一度、あそこに見える本丸会館《ほんまるかいかん》の……」

小十郎さんはそういうと、仙台城跡《せんだいじょうあと》の南にある建物を指さした。一階に土産《みやげ》もの屋《や》やレストランなどが入っている建物だ。

「二階にもどるので、そこにたずねてきていただきたい」

「わかりました」とこたえると、小十郎さんはさっそうと騎馬像のほうに歩いていった。

約束どおり三時に本丸会館《ほんまるかいかん》の二階に上がると、「ようこそいらっしゃいました」と、光《ひかる》さんが出迎《でむか》えてくれた。陣笠《じんがさ》のかわりに、緑色の手ぬぐいを頭にまいている。

「小十郎《こじゅうろう》さまにうかがいました。殿《との》にはたいへんお世話になっております」

ぺこりと頭を下げられた。どうしたらいいかわからず、「いえ」とぼくも頭を下げた。

ドアに「関係者以外立ち入り禁止《きんし》」という張り紙《はがみ》のある控え室《ひかしつ》は、ソファーとテーブル、小さな冷蔵庫《れいぞうこ》がおいてあるだけの殺風景な部屋だった。片《かた》すみに、小十郎さんと光さんの甲冑《かっちゅう》や陣笠、刀などがきちんとならべておいてある様子は、まるで体育館の倉庫みたいだ。

「よう参られた」

小十郎さんは、陣羽織《じんばおり》をぬぎ、兜《かぶと》と甲冑をはずし、白い着物姿《きものすがた》で汗《あせ》をぬぐっている。長い髪《かみ》を首のうしろでひとつに結んだ頭にまいているのは、クリムゾンレッドの仙台《せんだい》のプロ野球チームのスポーツタオルだ。

「おまたせして申しわけなかった。暑かったであろう」

すすめられるまま、ソファーにすわり、光さんが運んでくれた冷たい麦茶を飲んだ。

「で、さきほどの話の続きだが、それがしにたずねたいこととは？」

「はい。あの、兄は武将隊《ぶしょうたい》ではどんな感じなのか知りたくて。ぼく、父や母に兄の様子を見てくるようにとたのまれてて、帰ったら報告《ほうこく》しなきゃならないんです」

家に手紙が来たところから事情《じじょう》を話すと、小十郎《こじゅうろう》さんは「ほう」とうなずき、考えこんだ。光《ひかる》さんは、ソファーから少しはなれたパイプ椅子《いす》にすわり、興味津々《きょうみしんしん》という顔でぼくらを見まもっている。

「そうだなぁ、殿《との》は、この春、この時代によみがえられたばかりじゃ。ちなみに、わしがよみがえったのは七年前。今の杜乃武将隊《もりのぶしょうたい》の中ではもっとも早い。そこにいる光は……」

「今年で二年目になります」

よくとおる声で、光さんがこたえた。

「じつを申せば、先代の殿は知識《ちしき》も、技《わざ》も、お人柄《ひとがら》も、政宗公《まさむねこう》はこのおかたしかいないと思わせるおかたであった。それだけに、われら家臣《かしん》はあらたな殿を迎《むか》えるにあたって、たいそう心配しておった。政宗公は、武将隊をひきいるおかたであっていただかねばならんからな」

つまり、以前の政宗役の人はものすごくできる人だったたってことだ。そして、そこにあらたにくわわることになった兄ちゃんのことを、みんながたよりなく思ってたたってことだ。

「よみがえられた当初、殿はもちろんとまどっておられた。自信のなさが態度《たいど》にも表れて

いて。あるとき、たまらずわれらのひとりがつめよったのじゃ。『もっとどうどうとしてください。殿《との》がおどおどしててどうするんですか！』とな」

「兄ちゃ……あ、兄は、どうしたんですか」

「すぐにあやまられた。しかし、それが火に油をそそぐことになってしまった。『自分たちは家臣《かしん》なんです。そんな気弱な殿になんか、ついていけるわけないでしょう！』と」

胸《むね》がチリッと痛《いた》む。こんな話、弟のぼくがきいちゃっていいんだろうか。

そんなぼくの気持ちを察したかのように、小十郎《こじゅうろう》さんがあわてて手を振《ふ》った。

「春樹殿《はるきどの》、わしがいいたいのは、殿に不満があるということではない。むしろ逆《ぎゃく》じゃ」

「逆？」

「そうじゃ。その日から殿は変わられた。もともと殿は、先代の殿をしのぐほどの知識《ちしき》をおもちだった。演武《えんぶ》に必要な技《わざ》は、猛稽古《もうげいこ》で身につけられた。たりないのは、主君としてわれらをひきいる心構《こころがま》えだけであった。そこで殿は、杜乃武将隊《もりのぶしょうたい》の政宗公《まさむねこう》として生きる覚悟《かくご》を決められたのじゃ。しかし、殿は少しまじめというか、かたくなというか、なんというか、その……」

「ゆうずうがきかない……とか？」

前に母さんが父さんにいってた。「夏樹《なつき》はまじめなのはいいんだけど、ゆうずうがきかないから心配なのよね。春樹《はるき》ぐらいゆるいほうが楽に生きられるのに」って。

「そう、それじゃ！」

小十郎《こじゅうろう》さんはニコッとうなずいた。

「殿《との》は、いかなるときも政宗公《まさむねこう》であろうとなさっておられる。出陣《しゅつじん》しているときはもちろん、休憩《きゅうけい》しているあいだもじゃ。常《つね》にはりつめた弓のように気をはっておられる」

おどろいた。兄ちゃんが陰《かげ》でそんなふうに努力していたなんて。ぼくはてっきり「殿」とか「御屋形《おやかた》さま」とかいわれて、いい気になってるんだとばかり思ってた。

「春樹殿のお話のとおりなら、殿はご家族に連絡《れんらく》もせず、武将隊《ぶしょうたい》にくわわってからの日々《ひび》をずっとひとりで耐《た》えておられたのだな」

眉根《まゆね》をよせて、小十郎さんは「ふうーっ」と深いため息をついた。

「春樹殿。われらのお役目はさまざまじゃ。こうしてお城《しろ》でおもてなしをするほかに、イベントに出陣することもある。また、仙台《せんだい》・宮城《みやぎ》の観光ピーアールのため、よその国に出かけることもある。われらはこのとおり、常に武将でいることが求められる。よその土地、全員が『このまちの役に立ちたい』という思いをもってはいるものの、自分で申すのもなんだが、『常《つね》に武将《ぶしょう》でいる』というのははたで見るよりたいへんなことなのだ」

今なら少しだけわかる気がする。さっきのおもてなしの様子を見ても、ぼくのような小学生にさえ、こんなふうに片倉小十郎景綱《かたくらこじゅうろうかげつな》としてていねいに接《せっ》してくれているのを見ても。

「わしなどは『時代劇《じだいげき》が好き』という思いだけで隊に入ったし、殿《との》にしたがう家臣《かしん》であるから気が楽だが、殿には『隊をまとめねばならない』というプレッシャーがあるはずだ。このままでは、精《せい》も根《こん》もつきはてて、たおれてしまうのではないかと心配しておるのだ。せめてわれらにもう少し心を開いてくだされればよいと思っておるのだが」

小十郎さんの目は真剣《しんけん》だ。

「わたしもそう思います。少しでも殿のお力になりたいと思っているのですが」

光《ひかる》さんも、真剣だ。

ぼくはなんだか胸《むね》が熱くなってきた。

小十郎さんは兄ちゃんを「まじめ」といったけど、ふたりだってまじめじゃないか！

こんなふうに、あとからくわわった兄ちゃんのことを、「殿」として真剣に考えてくれているんだから。

「春樹殿《はるきどの》！」

重苦しい空気をやぶるように、小十郎《こじゅうろう》さんが顔を上げた。

「これだけは殿のお父上、お母上にお伝えいただきたい。殿は、りっぱにお役目を果たしておられます。それは、われら家臣《かしん》全員がうけあいます、と。そしてぜひ一度、おもてなしをなさっている殿のお姿《すがた》を見に来てくだされ、と。見ていただければ、殿がどれほどのお役目をになっておられるか、どれほどみなに愛されているかおわかりいただけるはず」

「もうひとつ、よろしいですか」と、光《ひかる》さんが手を上げた。

「なかなかうちとけてはくださいませんが、われら家臣はみな、殿が大好きです！　とつけくわえてください！」

「はい」

うなずいた。うなずきながら、考えた。

兄ちゃんが今、どんな人たちに支《ささ》えられているのかも伝えなきゃな、って。

お城《しろ》からの帰り道、「るーぷる仙台《せんだい》」にゆられながら、ぼくは仙台に来てからのできごとを思いかえした。

そして、もう一度、杜乃武将隊《もりのぶしょうたい》の演武《えんぶ》が見たい。
兄ちゃんの伊達政宗《だてまさむね》を、ちゃんと見たい。
そう思った。

十一　ほんとうのこと

「おはよう、春樹《はるき》くん!」

次の日、待ちあわせ場所の本丸会館《ほんまるかいかん》の前に行くと、水沢《みずさわ》さんと美咲《みさき》はもう来ていた。水沢さんはミントグリーンのワンピースを着て、白い日傘《ひがさ》をさしている。美咲はあいかわらず、白いシャツにジーンズ姿《すがた》だ。

「今日も暑くなりそうね」

夏の太陽はもう空のてっぺんにある。仙台城跡《せんだいじょうあと》においしげる木立からは、ボリュームマックスで蝉《せみ》の声がきこえている。

「おじいさまの具合はいかが?」

「ありがとうございます。無理はしないってことで、今日も家で休んでいます」

「そう。ところで春樹くん、水分はだいじょうぶ? 今日も暑いから無理は禁物《きんもつ》よ」

「だいじょうぶです、ほら」と、じいちゃんがもたせてくれたマグボトルを、リュックの中から取りだして見せた。中身はスポーツドリンクをうすめたものだ。

「今日は合格《ごうかく》ね。……ね、美咲《みさき》？」

水沢《みずさわ》さんが話しかけると、美咲は小さく「うん」とうなずいた。

「演武《えんぶ》は十一時からだから、まだ少し時間があるわね。どうする、美咲？」

「とりあえず、おばあちゃんはあそこで休んでたら？」

会館の南側には、椅子《いす》とテーブルがたくさんならんだ休憩《きゅうけい》スペースがある。美咲が指さしたあたりは、ちょうど日陰《ひかげ》になっていてすずしそうだ。

「え、でも、美咲は？」

「あたしは、時間までそのへんをぶらぶらしてくる」

次の瞬間《しゅんかん》、くるりと美咲がこっちをむいた。

「あんたも来ない？」

一瞬、なにをいわれているのかわからなかった。

――アンタモ……コナイ？　ああ、さそってくれているのか……って、ええーっ！

「あら、それはいいわね。春樹《はるき》くん、まだ仙台城跡《せんだいじょうあと》をよく見てないんじゃない？」

「え、あ、はい」

昨日《きのう》、ひとりでおもてなしを見に来たことは、もちろんないしょだ。

「美咲《みさき》はもう何度も来ているから、くわしいわよ。案内してもらうといいわ」

ニコニコ顔の水沢《みずさわ》さんのむこうで、美咲はもう歩きだしている。

「ほら、早く！」

「う、うん」

どんな顔をしていいかわからないまま、美咲のあとを追いかけた。


「南から、北のほうにむかって歩くよ」

そういって美咲がむかったのは、仙台城跡《せんだいじょうあと》の南のはしだった。

木漏れ日《こもびび》の中を、美咲はさっさと歩いてゆく。古そうな石垣《いしがき》とか、石碑《せきひ》とか、説明版《せつめいばん》とかがあるけれど、足をとめることはない。すべてスルーだ。

そんな気はしていたけど、やはり、本気で案内してくれる気はないらしい。

「あのう、美咲ちゃ……さ……ん？」

「よびすてでいい！」

ぴしゃりと返された。

「じゃあ、美咲《みさき》。なにかぼくにいいたいことがあるんじゃないの？」

足がとまった。図星だったらしい。

「あのさ」と、美咲が振《ふ》りかえった。

「どうしてあたしが武将隊《ぶしょうたい》を応援《おうえん》するようになったか、あんた、一昨日《おととい》おばあちゃんにきいたでしょ？」

「うん。……あ、その前に、できればぼくも『あんた』じゃなく、名前をよんでほしい」

やっといえた。ずっと気になってたんだ。「あんた」っていわれるたびに、「ぜったい仲よくなんか、なってやるもんか！」っていわれてるみたいで。

「じゃあ、春樹《はるき》……くん。おばあちゃんは春樹くんに、なんていったの？」

「なんて、って？」

「あたしたちが武将隊を応援している理由よ」

「それは……」

ふたりがゴールデンウィークにはじめて武将隊を見たこと。そこから応援していること。震災前《しんさいまえ》は海辺のまちに住んでいて、今はお母さんと水沢《みずさわ》さんと美咲の三人で暮《く》らしていること。水沢さんの言葉を思いだしながら、できるだけきいたとおりに話した。

だまってきいていた美咲《みさき》は、ふぅーっとため息をつくと、「声は？」とつぶやいた。

「声のことは？　おばあちゃん、なにかいってなかった？」

「政宗公《まさむねこう》の声が、美咲のお父さんに似《に》てるってこと？」

「そっか、やっぱりそんなふうに話してたか……」

つぶやくと、美咲は展望台《てんぼうだい》の手すりにつかまった。手すりのむこうは切りたつ崖《がけ》で、その下には仙台《せんだい》のまちが広がっている。そのはるかむこうに、青く光る海が見える。

「ちがうの？　政宗公の声が美咲のお父さんにそっくりだったから、だから美咲は武将《ぶしょう》隊《たい》を応援《おうえん》するようになったんじゃないの？」

「ちがわない。けど、全部じゃない」

「どういうこと？」

遠くの海を見つめたまま、美咲はしずかに口を開いた。

「政宗さまの声にひかれたのは、あたしより、おばあちゃんのほうだったんだよ」

「水沢《みずさわ》さん？　え、なんで？」

「とうぜんでしょ。だって、あたしのパパは、おばあちゃんのひとり息子だったんだから」

目の前で、パン！　と風船をわられたような気がした。

どうしてそんなあたりまえのことに気づかなかったんだろう。

「はじめて政宗《まさむね》さまを見たときはびっくりした。顔も体型も全然ちがうのに、声がパパそっくりだったから。でもね、あたし以上におどろいていたのは、おばあちゃんだった。身じろぎもしないで政宗さまを見つめていた。涙《なみだ》をぽろぽろこぼしながら」

「水沢《みずさわ》さん、美咲《みさき》のこともおなじようにいってたよ」

「だと思った。政宗さまと出会ってから、おばあちゃんは元気になった。あたしを連れて、お城《しろ》やイベントに出かけるようになった。今のアパートにひっこしてきてからずっと家にこもりがちで、いつも泣きそうな顔をしていたのに」

そこまでいうと、美咲はまっすぐにぼくを見つめた。

「おばあちゃんが元気になるなら、あたしはどこへでも行くつもり。そして、ずっと政宗さまと杜乃武将隊《もりのぶしょうたい》を応援《おうえん》するつもりだよ」

気が強いいやなやつだと思ってたけど、その強さは、水沢さんを守るためだったのか……。

そう思ったら、美咲が、とびきりかっこいい女の子に思えてきた。

「いっておくけど、政宗《まさむね》さまの声は、たしかにパパに似《に》ている。でも、だから応援《おうえん》しようと思ったわけじゃないよ」

「え？　じゃあ、どうして？」

「杜乃武将隊《もりのぶしょうたい》の演武《えんぶ》をはじめて見たとき、胸《むね》がギュン！　って熱くなった。そして、それまでずっと灰色《はいいろ》に見えていた景色《けしき》に、色がもどってきたような気がした」

足をとめ、「わかる？」という顔で美咲《みさき》が振《ふ》りかえった。目が、ちょっとうるんでいる。

「ドキドキして、涙《なみだ》があふれてきた。なんていうか、政宗さまの『がんばろうな！』っていう気持ちが伝わってきたの」

ぼくは、はじめて演武を見たときのことを思いだした。

（……ダメだ、見てられない！）

心の中でつぶやいて、その場をはなれた。鎧兜《よろいかぶと》に身をつつみ、刀を振りかざして、力いっぱい演《えん》じている兄ちゃんをはずかしいとさえ思った。

兄ちゃんがどんな思いで演じているのかなんて、考えもせずに……。

「あのさ」と、美咲は小鼻をふくらませた。まだいいたいことがあるらしい。

「武将隊を応援するようになって、いろんなことがわかってきたんだ。政宗さまがつくったものが、今もこのまちにはたくさんのこってるの。そのことを知ってから、このまちが前より好きになったよ」

はじめて見る、キラッキラの笑顔。そういえば、一昨日《おととい》、市民広場で会った亘理《わたり》のおばあさんもこんな顔で笑ってたっけ。

そのとき、ようやく気がついた。本人が笑ってるのに、他人のぼくが「かわいそう」とか勝手に思って気を使ったりするのは、ちがうんだってことに。

「あたしのこと『この子、かわいそう』みたいな目で見るのやめて！」って美咲《みさき》がいったのは、たぶんそういうことだったのだろう。

「あたしもおばあちゃんも、武将隊《ぶしょうたい》に出会えて、ほんとうによかったと思ってる」

美咲のこの笑顔を、兄ちゃんにも見せてやりたい！　そう思った。


「春樹《はるき》くんは？」

展望台《てんぼうだい》の手すりにそって歩きながら、美咲が話しかけてきた。

「春樹くんはわざわざ東京から武将隊を見に来たんでしょ？　見て、どう思った？　まだ『おとなのくせにチャンバラごっこなんかしちゃってさ』って思ってる？」

「それはない！」

首を振《ふ》った。

「あのときははじめてだったから、なんていうか、びっくりしすぎて。美咲《みさき》がいったとおり、ちゃんと見てなかったんだ。ごめん」

「じゃあ、あのときと今とじゃ、感想がちがうってことだよね？　今はどう思ってるの？」

それを、ずっと考えていた。父さんや母さんになんて報告《ほうこく》しようか、って。

美咲の質問《しつもん》にこたえられるほど、ぼくはまだちゃんと兄ちゃんの演武《えんぶ》を見ていないような気がする。

「ごめん、まだ考え中」

正直にこたえると、美咲はくすっと笑った。

「じゃあ、今日の演武を見たらぜったい教えてね。東京から来た春樹《はるき》くんが武将隊《ぶしょうたい》を見てどんなふうに感じたのか、知りたいから。……あ、ほら、もう準備《じゅんび》がはじまってる！」

大きなトンビの彫像《ちょうぞう》がある石碑《せきひ》の前をすぎたところで、美咲が指をさした。

伊達政宗公《だてまさむねこう》の騎馬像《きばぞう》のむこうの広場には、すでに人が集まりはじめている。「杜乃武将《もりのぶしょう》隊《たい》」と入った紺色《こんいろ》の旗も見えている。

そのむこうで、ぼくらに気づいた水沢《みずさわ》さんが大きく手を振《ふ》っている。

「新しい演武《えんぶ》、楽しみだね」

「うん。おばあちゃんも、すっごく楽しみにしてるの」

美咲《みさき》がほほえんだ瞬間《しゅんかん》、太鼓《たいこ》の音がきこえてきた。

どん、どん、どん、どん。どん、どん、どん、どん。

演武がはじまる合図だ。

「行こう！」

「うん！」

ぼくらは、広場へむかって走りだした。

十二　一生懸命《いっしょうけんめい》

「ときは、戦国時代！」

「織田信長《おだのぶなが》が天下統一《てんかとういつ》をもくろみ、岐阜城《ぎふじょう》へと入ったおなじ年、一五六七年、政宗《まさむね》、米沢《よねざわ》城《じょう》にて生まれる」

「信長、秀吉《ひでよし》よりも、およそ三十年おくれての誕生《たんじょう》である」

伊達《だて》政宗、伊達成実《しげざね》、片倉小十郎景綱《かたくらこじゅうろうかげつな》、茂庭綱元《もにわつなもと》、支倉常長《はせくらつねなが》、足軽《あしがる》・光《ひかる》、松尾芭蕉《まつおばしょう》と、杜乃武将隊《もりのぶしょうたい》全員での新しい演武《えんぶ》は、おもおもしい語りからはじまった。

一昨日《おととい》、仙台駅《せんだいえき》で見た演武とはちがって、新しい演武はお芝居《しばい》が中心のようだ。

「……かっこいい！」

美咲《みさき》は、そうつぶやいたきりかたまってしまった。そのむこうにいる水沢《みずさわ》さんも胸《むね》の前で両手をにぎりしめ、まばたきもせずに見いっている。

仙台城跡《せんだいじょうあと》の広場に集まったお客さんは、ざっと数えて二百人あまり。みんな、今日はじめて披露《ひろう》される演武《えんぶ》を、息をこらして見つめている。

ストーリーは、伊達政宗《だてまさむね》が生まれてから、戦乱《せんらん》の世を生きぬき、仙台《せんだい》に城《しろ》をきずき、民が安心して暮《く》らせるような国をつくるまで。それから、四百年後の今によみがえり、おもてなしをすることをちかうところまでを描《えが》いていた。

舞台《ぶたい》でのお芝居《しばい》のように、風景が描かれた幕《まく》や、照明や、大道具・小道具があるわけじゃない。なにもない広場で、太陽の下で、武将《ぶしょう》たちがからだひとつで演《えん》じているだけだ。

なのに、戦《いくさ》の場面では伊達の軍勢《ぐんぜい》を取りかこむ敵《てき》が、川から水をひき水路をつくる場面では流れる広瀬川《ひろせがわ》が、米をつくる場面では黄金色《こがねいろ》の田んぼが、屋敷《やしき》に木を植える場面では青あおとしげる木が、船で外国を目指す場面では大海原が、見えたような気がした。

くるくると変わる舞台で、兄ちゃんはいかり、さけび、泣き、笑い、力いっぱい伊達政宗を演じていた。

中でもぼくが心をうばわれたのは、世を去った伊達政宗が四百年のときをこえて、今の時代によみがえるシーンだ。

仙台のまちを見おろしながら、政宗はいう。

「これがあの仙台か。美しいまちではないか。民はどうしておる。飢《う》えてはおらんか？」

そんな政宗《まさむね》に家臣《かしん》たちは口ぐちに、仙台《せんだい》は今、豊《ゆた》かな食と文化を求めて世界中から人が訪《おとず》れるまちになったと伝える。

するとと政宗は「ならば、わしがすることはもうない」といって去ろうとする。

「なにを申されます、政宗さま！」

ひきとめたのは、片倉小十郎景綱《かたくらこじゅうろうかげつな》だ。

「政宗さまが礎《いしずえ》をきずいたこの仙台・宮城《みやぎ》の魅力《みりょく》を、われらが伝えずしていかがいたしましょう」と。

心を動かされた政宗はつぶやく。

「おもしろい。おもてなしがわれらの次なる闘《たたか》いというわけじゃな」

そしていう。

「みなの者、われらのあらたな闘いにむけて、いざ、出陣《しゅつじん》じゃーっ！」

「おーっ！」

家臣たちがこぶしを高々《たかだか》とかかげる。

演武《えんぶ》が終わった瞬間《しゅんかん》、「わあっ！」と歓声《かんせい》が上がった。つづいて、蝉《せみ》しぐれがきこえなくなるぐらいの拍手《はくしゅ》がわきおこった。——鳥肌《とりはだ》が立った。

すごい、すごい、すごい！

ぼくも夢中《むちゅう》で手をたたく。胸《むね》が苦しくなって、体中が熱くなって、涙《なみだ》がこみあげてきた。

そっととなりをうかがうと、美咲《みさき》も、水沢《みずさわ》さんも、涙をぬぐっている。

すごい、すごいよ、兄ちゃん！

「ひとりでも、ふたりでも、武将隊《ぶしょうたい》を見て元気になってくれる人がいるのなら」

「このまちをもっともっと好きになってもらえるように」

一昨日《おととい》の夜、兄ちゃんはそういった。

その思いが、ちゃんととどいているのがわかる。美咲や水沢さんだけじゃない、ここにいる全員に、だ。なりやまない拍手《はくしゅ》がその証拠《しょうこ》だ。

土砂降《どしゃぶ》りのような拍手と歓声《かんせい》の中、兄ちゃんがゆっくりとお客さんを見まわし、深ぶかと頭を下げた。小十郎《こじゅうろう》さんたちもそれにつづく。

「わあーっ！」

一段《いちだん》と拍手が大きくなる。ぼくも、手のひらがジンジンするくらい拍手した。

「それではこれより、おもてなしの時間といたします」

演武《えんぶ》が終わり、空気がゆるんだところを見はからって、松尾芭蕉《まつおばしょう》さんが話しだした。

「本日は『仙台七夕《せんだいたなばた》まつり』の最終日ですので、われら杜乃武将隊《もりのぶしょうたい》と記念写真をお撮《と》りいただきます。ご希望のお客さまは、こちらにおならびください」

兄ちゃんをはじめとする武将たちが、水色の幕《まく》の前にならんでしたくをはじめると、広場を取りかこんでいた人の輪がくずれ、芭蕉さんが示《しめ》した場所にぞくぞくと移動《いどう》をはじめた。

「春樹《はるき》くん！」

ぼーっとしてたら、ポン！　と肩《かた》をたたかれた。

振《ふ》りかえると、赤い目をした美咲《みさき》が笑顔で立っていた。そのとなりに、ハンカチで涙《なみだ》をぬぐっている水沢《みずさわ》さんもいる。

「春樹くんも、ならぼっ！」

「えっ？」

ことわる間もなく、腕《うで》をぐいぐいひっぱられた。

「せっかくだから、いっしょに写真にうつろうよ」

「でも……」

「いいじゃない、撮《と》ってもらいましょうよ。今日の記念に、三人で」

水沢《みずさわ》さんも、まだうっすらと涙《なみだ》がのこる目でほほえんでいる。

「え、あ、はぁ」

結局、ぼくらは長い行列の最後尾《さいこうび》にならんだ。


「けっこうまちそうね」

「すみません、水沢さん。ぼくがもたもたしてたから……」

「気にしないで。わたしたち、まつのはなれてるから。ね、美咲《みさき》？」

「うん。……あ、そうだ！　ねえ春樹《はるき》くん、ちょうどいいから、まってるあいだにさっきのこたえをきかせてもらおうかな？」

「なんなの美咲、さっきのこたえって」

水沢さんが首をかしげる。

「春樹くんが、杜乃武将隊《もりのぶしょうたい》を見てどう思ったか、ってこと。さっききいたときは、『考え中』っていってたの」

「そうだったの。だったらわたしもききたいわ。ぜひきかせて」

たいへんなことになった。でも、ちゃんと伝えなきゃ。

「ぼくが杜乃武将隊《もりのぶしょうたい》を見た感想、それは……」

「それは？」

美咲《みさき》が、期待に目をキラキラさせている。水沢《みずさわ》さんもだ。

ぼくは、大きく息をすいこんだ。

「一生懸命《いっしょうけんめい》だ！」

さっき、演武《えんぶ》が終わったとき、ぽこんとうかんできた言葉だ。

「一生懸命？　それだけ？」

拍子《ひょうし》ぬけした顔で、美咲は首をかしげている。

「いうのはかんたんだけど、そうそうできることじゃないと思う。一生懸命な姿《すがた》を人に見せるって、勇気がいることだと思うんだ。自分が大切にしているものをバカにされたら悲しいし、傷《きず》つくもの。一生懸命な武将隊を見て、『バカみたい』って思う人もいるかもしれない」

胸《むね》が痛《いた》い。「おまえがいうな！」という声が、どこからかきこえてきそうだ。

「でもさ」

ぼくは、目に力をこめて美咲《みさき》を見つめた。

「ほかの人からしたらバカみたいなことでも、それを一生懸命《いっしょうけんめい》、力いっぱいやるのって、かっこいいと思う！」

いいきかせる。かんたんにサッカークラブをやめちゃった、あのときの自分に。

「ぜったいに、ぜったいに、かっこいいと思うんだ」

陽《あきら》の顔を思いうかべた。陽は今日も、グラウンドでボールを追いかけているはずだ。

「一生懸命は、見る人を元気にする。バカにする人もいるかもしれないけど、杜乃武将《もりのぶしょう》隊《たい》を見てはげまされる人はいる。ぜったいいる。大勢《おおぜい》いる！」

いてほしい。そして、そんな人がふえてほしい。心から、そう思う。

美咲は「うん」と小さくうなずいた。水沢《みずさわ》さんも、「うんうん」とうなずいている。

「わかるよ、春樹《はるき》くん。あたしも、おばあちゃんも、そうだから」

そういって、笑顔をつくった。涙《なみだ》が、今にもこぼれおちそうな目を見ひらいて。

このまちの人は、よく笑う。つらくても、笑おうとする。

水沢さんも、亘理《わたり》のおばあさんもそうだった。

そんな人たちを、兄ちゃんは元気づけ、はげましつづけている。――伊達政宗《だてまさむね》として。

ぼくは兄ちゃんを、心の底からほこらしく思った。

ようやく順番がめぐってきたのは、演武《えんぶ》が終わってから三十分近くたったころだった。

「最後のお客さまは、お三人さまですね？　おまたせしました、どうぞこちらへ」

芭蕉《ばしょう》さんにうながされて、ぼくらは武将《ぶしょう》たちがならんでいる水色の幕《まく》のほうに近づいた。

右から、支倉常長《はせくらつねなが》、伊達成実《だてしげざね》、伊達政宗《まさむね》、片倉小十郎景綱《かたくらこじゅうろうかげつな》、茂庭綱元《もにわつなもと》がならんでいる。

「カメラをおあずかりします」

カメラマンは、足軽《あしがる》の光《ひかる》さんだ。美咲《みさき》が「お願いします」とカメラをあずける瞬間《しゅんかん》、目が合った。光さんはぼくに気づいていたらしく、ニコッと笑ってうなずいた。

「それでは姫《ひめ》さまがたは、殿《との》の左がわにお入りください」

芭蕉さんの指示《しじ》で、美咲と水沢《みずさわ》さんは伊達成実と伊達政宗のあいだにおさまった。ふたりとも、うれしそうに顔を赤らめている。

「さあ、若《わか》さまは、殿の右がわにどうぞ」

「はい！」

返事をした瞬間、ハッとした顔で兄ちゃん……いや、政宗公がぼくを見つめた。それから、となりにならんでいる小十郎《こじゅうろう》さんと顔を見あわせた。

さすがに、いっしょに写真を撮《と》るとは思ってなかったのだろう。しきりに目をしばたたかせている。——いい気味だ！

「よろしくお願いします」

ぼくはなに食わぬ顔で政宗公《まさむねこう》と小十郎さんのあいだに入った。

「うむ」

政宗公は、口をへの字に結んでうなずいた。小十郎さんは、そんな政宗公がおかしくてたまらないらしく、肩《かた》をふるわせて笑いをこらえている。

「それでは、『ずんだもちー』のかけ声で撮りますよー」

光《ひかる》さんが、「せーの！」とカメラをかまえる。

「ずんだもちー！」

政宗公、小十郎さん、美咲《みさき》、水沢《みずさわ》さん……みんなの声が、城跡《しろあと》にひびきわたった。

それは、美咲たちと「るーぷる仙台《せんだい》」のバス停にむかって歩いていたときのことだ。

「おーい！」

木立の中に入ったところで、声がきこえてきた。

「えっ？」

振《ふ》りかえったが、あたりに人影《ひとかげ》はない。うす暗い木漏《こも》れ日《び》の道に、蝉《せみ》しぐれが降《ふ》りそそいでいるだけだ。

美咲《みさき》は？　と見ると、水沢《みずさわ》さんにさっき見た演武《えんぶ》の感想を夢中《むちゅう》で話している。

……なんだ、気のせいか。

ふたたび歩きだそうとした、そのときだ。

「おーい」ときこえた。つづけて「春樹《はるき》ーっ！」と。

「ええっ？」

見まわすと、木立のむこうから武将《ぶしょう》がふたり、急ぎ足で近づいてくるのが見えた。

三日月の兜《かぶと》と、御札《おふだ》の兜の武将。――伊達政宗公《だてまさむねこう》と片倉小十郎景綱《かたくらこじゅうろうかげつな》だ。

「え、どうして？」

美咲も、水沢さんも、目をまんまるくしてかたまっている。

そんなふたりの前を「ごめん！」といいながらすばやく通りすぎると、政宗公はぼくの前に立ちふさがった。小十郎さんは、はなれたところで足をとめ、ぼくらを見まもっている。

「ま、政宗《まさむね》……さま？」

政宗公は腰《こし》に両手をあてて、じーっとぼくの顔をのぞきこんでいる。

「に……兄ちゃん？」

首をかしげた瞬間《しゅんかん》、政宗公はニッと笑った。そして、「お返しじゃ！」といいながら、パチン！　ぼくの額《ひたい》にデコピンした。

「いってえーっ！」

「どうじゃ、春樹《はるき》、おどろいたであろう？」

ドヤ顔で、ぼくの顔をのぞきこむ。

「う……うん」

「よし、わしの勝ちじゃな！」

あははと笑うと、政宗公は美咲《みさき》と水沢《みずさわ》さんにむかって、「ご無礼つかまつった」とていねいに頭を下げた。そして「小十郎《こじゅうろう》、帰るぞ！」といって、くるりと身をひるがえした。

背筋《せすじ》をのばし、陣羽織《じんばおり》のすそをひるがえしながら、政宗公がさっそうと歩いてゆく。

「ははっ！」

その背中《せなか》を、片倉小十郎景綱《かたくらこじゅうろうかげつな》が追いかける。追いかけながら振《ふ》りかえり、ぼくにむかって小さくガッツポーズをした。なんだかとってもうれしそうだ。

遠ざかる小十郎さんの背中にむかって、ぼくはぺこりと頭を下げた。

「兄ちゃんを、よろしくお願いします」という気持ちをこめて。

「ええーっ！」

美咲《みさき》がさけんだのは、ふたりがすっかり見えなくなってからだった。

目をまんまるに見ひらいて、美咲がぼくにつめよってきた。

「兄ちゃん、って、よんだよね？　政宗《まさむね》さまのこと」

「それは、あの、えっと」

「春樹《はるき》、って、よんだよね。政宗さまも」

「え、あ、うん」

「どういうこと？　ねえ、春樹くん、どういうことなの？」

「おどろいたわ。こんなことってあるかしら」

水沢《みずさわ》さんも、目を白黒させている。

「ちゃんと説明して！　うそなんかついたら、承知《しょうち》しないからね！」

鼻息もあらく、美咲《みさき》はなおもつめよってくる。

「わかった、ぜんぶ話すよ」

観念して、ぼくは話しだした。

十三　勝関《かちどき》

「東北の夏は短いぞ、春樹《はるき》。七夕《たなばた》が終わってお盆《ぼん》をすぎると、風が変わるんだ」

じいちゃんの言葉どおり、仙台《せんだい》はお盆をすぎたあたりから、風が少しだけすずしくなった。


「明日、朝、少しだけ時間ができたんだ」

兄ちゃんから電話がかかってきたのは、ぼくが東京へ帰る前の晩《ばん》だった。

「いっしょにお城《しろ》に行かないか？　春樹に見せたいものがあるんだ。迎《むか》えに行くから」

ぼくは「うん」と即答《そくとう》した。けど、指定された時間をきいてすぐに後悔《こうかい》した。

兄ちゃんが指定した時間は……午前四時！　朝の四時だ！

指定された時間もびっくりだけど、「おはよう、じいちゃん、春樹！」と、時間ぴったりに玄関《げんかん》を開けた兄ちゃんにもびっくりだった。家にいたころは朝が苦手で、母さんに毎朝デコピンされてたのに。

「さあ、走るぞ、春樹《はるき》！」

兄ちゃんは、自転車でやってきた。車をもっていない兄ちゃんの移動《いどう》は、もっぱら自転車なのだそうだ。ぼくも、ゆうべのうちに物置から出してもらっておいたじいちゃんの古い自転車にまたがった。

「まずは、仙台市博物館《せんだいしはくぶつかん》を目指す。ちゃんと着いてこいよ！」

「オッケー！」

いきおいよくこぎだした兄ちゃんは、ニット帽《ぼう》とよれよれのチェックのシャツに古びたジーパンという、ごくふつうの格好《かっこう》だ。長い髪《かみ》を帽子《ぼうし》におしこんで、黒縁《くろぶち》のメガネをかけた姿《すがた》は大学生のようで、武将《ぶしょう》の匂《にお》いも、政宗公《まさむねこう》のオーラも感じられない。

まだうす暗い住宅街《じゅうたくがい》、朝のひんやりとした空気の中を、兄ちゃんはなれた様子で自転車を走らせる。ぼくも、そのあとを追いかける。

住宅街をぬけると、「るーぷる仙台」で何度も通った通りに出た。

霊屋橋《おたまやばし》という変わった名前の橋をわたり、伊達政宗公《だてまさむねこう》のお墓《はか》がある瑞鳳殿《ずいほうでん》の前を通り、広瀬川《ひろせがわ》にかかる橋をふたつわたったら、仙台市博物館はもうすぐそこだ。

と、思ったら、兄ちゃんはふいにスピードをゆるめた。そして、博物館の手前の信号を左にまがった。

「春樹《はるき》、この仙台市博物館《せんだいしはくぶつかん》がある場所はな、もともとは仙台城《せんだいじょう》の一部だったんだ。政宗公《まさむねこう》の時代には、このあたりに、茶室や庭園があったんだぞ。この細長い池は『長沼《ながぬま》』といってお堀《ほり》だったところだ」

長沼にそって南にむかうと、右へまがる広い道が現《あらわ》れた。兄ちゃんは、その入り口に自転車をとめた。ぼくもそのとなりに自転車をとめる。

「ここは、仙台城跡《あと》へとつづく登城路《とじょうろ》だ。ここには昔、巽門《たつみもん》という門があって、政宗公の家臣《かしん》たちは、ここからお城《しろ》へ登城したんだ。ここを、これから歩いてのぼるぞ」

そういうと兄ちゃんは、坂道を歩きだした。まわりは、うっそうと木がおいしげっていて、かなりうす暗い。しかも、けっこうきゅうな登り坂だ。すぐに汗《あせ》がふきだした。

「春樹、だいじょうぶか？」

「キツイけど、だいじょうぶ」

「おれさ、休みをもらえたときはよく、こんなふうにひとりでこの登城路を歩くんだ。政宗公がここに仙台城をつくった気持ちがわかるような気がして。……って、ヘンかな？」

「ふつうに考えたらヘンかもしれないけど、兄ちゃんの仕事を考えると、とても大事なことのような気がする」

そうこたえたら、兄ちゃんは「あはは」と笑った。

「ほかには？　お休みの日はほかに、なにをしてるの？」

「できるだけ、政宗公《まさむねこう》に関係がある場所を訪《たず》ねるようにしている」

「たとえば？」

「政宗公が眠《ねむ》っている瑞鳳殿《ずいほうでん》とか、政宗公が建てた大崎八幡宮《おおさきはちまんぐう》とか。その場所に行って、政宗公が見た景色《けしき》とか空気とかを感じるようにしているんだ。政宗公が土台をつくった仙台《せんだい》には、今でも四百年前と変わらない場所がいっぱいあるんだぞ」

やっぱりまじめだ。兄ちゃんのこういうところ、ちっとも変わっていない。


「ねえ兄ちゃん、きいてもいいかな？」

「なんだ？」

「兄ちゃんは、杜乃武将隊《もりのぶしょうたい》に入るとき、最初から伊達《だて》政宗公になりたかったの？」

「いいや」

兄ちゃんは首を振《ふ》った。

「おれさ、ほんとうは足軽《あしがる》になりたかったんだ」

「足軽？　どうして？　どうして足軽なの？　ふつうは主役を目指すんじゃないの？」

「芝居《しばい》の勉強をしてみてわかったんだけど、主役をかがやかせるのは、まわりの役者なんだ。杜乃《もりの》武将隊《ぶしょうたい》でいうなら、政宗公《まさむねこう》をひきたて、演武《えんぶ》やおもてなしをおもしろくするのは足軽だ。足軽がいちばんやりがいがあると思った」

「ふうん」

家で、いつも縁《えん》の下の力持ちをしていた兄ちゃんらしい考えかただ。

「それが、どうして政宗公になっちゃったの？」

「今年の三月まで政宗公をつとめていた先輩《せんぱい》がきゅうに地もとに帰ることになって……。そのためのオーディションだったんだ。武将隊は今年で第八期になるんだけど、政宗公が代わるのははじめてのことだった」

「ってことは、ほかの人たちは全員先輩でしょ？　あとから入って、いきなり政宗公って、ハードル高くない？」

「だな」

兄ちゃんは、くすっと笑った。

「おまけに、先代の政宗公《まさむねこう》は刀のあつかいも、話もずばぬけてうまくて、オーラがあって、人柄《ひとがら》もよくて、まさに政宗公そのままの人だったんだ」

「そんなすごい人のあとって、たいへんだったんじゃない？」

どれほどたいへんだったかは、小十郎《こじゅうろう》さんからきいている。でも、本人の口からきいてみたかった。

「武将隊《ぶしょうたい》に入ってから、いちばんつらかったことって、なに？」

「甲冑《かっちゅう》が二十キロ近くあって重いとか、兜《かぶと》は鉄でできてるから夏は暑くてたまらないとか、たいへんなことはいろいろあるけど。……つらかったことかぁ。うーん」

足をとめ、少し考えて、

「忘《わす》れた！」

兄ちゃんはいいはなった。

「え？　忘れた？　つらかったこと、ないの？」

「ないことはないけど……忘れた。今は目の前のことしか考えてないからさ」

そういって笑うと、兄ちゃんはふたたび、坂道をしっかりした足取りで歩きだした。

きつい坂をのぼりきったところで、登城路《とじょうろ》は「るーぷる仙台《せんだい》」も通る道と合流した。車道の横につくられた木の歩道を歩きながら、兄ちゃんがふいに口を開いた。

「あのさ、春樹《はるき》」

「え？」

「杜乃武将隊《もりのぶしょうたい》はさ、役を演《えん》じるんじゃないんだ」

振《ふ》りむきもせず、兄ちゃんは話しつづける。

「役を演じるんじゃなくて、その人そのままを生きるんだ。おれは政宗公《まさむねこう》を演じているわけじゃない。今の時代を生きている、伊達《だて》政宗公そのままなんだ。最近ようやく、そう思えるようになってきた」

兄ちゃんは城跡《しろあと》を目指し、ひと足ひと足、力をこめて歩いてゆく。

「政宗公ならどう考えるか、どう動くか、なにを話すのかを、常《つね》に考えるようになった。どんなときも政宗公であることで、おれはこのまちの力になりたいと思ってる」

その背中《せなか》を見つめながら、たぶん、兄ちゃんは今日、これをぼくに伝えたかったんだろう、と思った。

「もう少しだ、がんばれよ」

この前「るーぷる仙台《せんだい》」の運転手さんが教えてくれた石垣《いしがき》の前を左にまがると、石の階《かい》段《だん》が見えてきた。

「さあ、この上が本丸跡《ほんまるあと》だ。少し急ぐぞ、もうすぐ日がのぼる」

「うん！」

兄ちゃんの背中《せなか》を追いかけて、石の階段を一段ずつ上がる。

早朝の城跡《しろあと》に、人影《ひとかげ》はない。いつも武将隊《ぶしょうたい》がおもてなしをしている大広間跡近くの広場も、今はがらんとしている。

「よし、ナイスタイミング！」

展望台《てんぼうだい》にむかうと、ちょうど海からオレンジ色の太陽が顔をのぞかせたところだった。

「わあ、気持ちいい！」

「だろ？」

兄ちゃんとならんで、まちを見わたす。

ふもとには広瀬川《ひろせがわ》が流れ、そのむこうにビルが立ちならび、さらにそのむこうには緑の大地、そして青くかがやく太平洋が広がっている。

太陽の光が、大地をなめるようにのびてきて、ぼくと兄ちゃんの顔を照らす。

「この景色《けしき》を、春樹《はるき》に見てほしかったんだ」

兄ちゃんが目を細めてまちを見わたす。うれしそうに、いとおしそうに。

その姿《すがた》を見ていたら、四百年前もこの人は、この場所で、おなじ笑顔で、城下《じょうか》を見わたしていたんじゃないか。そんなふうに思えてきた。

四百年前の仙台《せんだい》と今の仙台とがつながったみたいで、ぞくぞくする。

「な、いいまちだろう？」

振《ふ》りかえった兄ちゃんの顔が、ぼくには仙台藩初代藩主《せんだいはんしょだいはんしゅ》・伊達政宗公《だてまさむねこう》、その人に見えた。


「あのさ、ひとつお願いがあるんだけど」

ならんで仙台のまちを見わたしながら、ぼくは兄ちゃんに話しかけた。

「なんだ？」

「ぼくに勝鬨《かちどき》を教えてほしいんだ」

「なんで？」ときかれるかと思った。けど、兄ちゃんは「わかった」とうなずいた。

ニット帽《ぼう》をぬいで髪《かみ》を下ろす。眼鏡《めがね》をはずし、背筋《せすじ》をのばして顎《あご》をひく。両足を開いて大地をふみしめ、両手を体の横にたらしてこぶしをにぎる。

目を閉《と》じて、息をはき、息をすう。兄ちゃんが、集中しようとしているのがわかる。

やがて「よし！」と目を見ひらいた。

「それではこれより勝関《かちどき》を上げる！」

さっきまでの兄ちゃんの声ではない。低く、太く、凛《りん》とした、政宗公《まさむねこう》の声だ。

「檜山春樹《ひやまはるき》！」

「はいっ！」

ぼくも、精一杯《せいいっぱい》の声を出す。

「用意はいいかっ！」

「おーっ」

腕《うで》を振《ふ》りあげてこたえる。

兄ちゃんはひとつうなずくと、

「ここにつどいし檜山春樹の健勝と檜山家の繁栄《はんえい》、そしてこのまちのますますの発展《はってん》を祈《き》念《ねん》いたして、勝関じゃ！　いざ！」

ひと息にいって、右手をかまえた。それに合わせて、ぼくもかまえる。

「エイ・エイ・オー！」

ついに勝鬨《かちどき》がはじまった。声を合わせ、心を合わせ、こぶしを高くつきあげる。

「エイ・エイ・オー!」

この前、ためらった自分をふきとばすように、高く、高く、つきあげる。

「エイ・エイ・オ――――ッ!」

ぼくらの声はまちにこだまし、やがて、すっかり明るくなった朝の空にすいこまれていった。

エピローグ

新幹線《しんかんせん》をまっているとき、スマホがポロンとなった。美咲《みさき》からだ。

「もしもし、春樹《はるき》くん？」

「美咲、今どこ？」

「お城《しろ》だよ。ついさっき、午後の演武《えんぶ》が終わったところ。ちょっとだけ政宗《まさむね》さまとお話ができたんで、春樹くんからの伝言、伝えといたよ」

まだ城跡《しろあと》ではおもてなしがつづいているのだろう。美咲の声のむこうで、ざわめきと、人の声と、勇壮《ゆうそう》な音楽がきこえている。

「春樹くんがいったとおり、『演武、すっごくかっこよかった』って。そしたら政宗さま、なんていったと思う？」

「なんて？」

「『あたりまえじゃ！』だって！『われらの魂《たましい》がこめられておるからな！』だって」

兄ちゃんの得意げな顔が、目にうかぶ。

「それから、政宗《まさむね》さまからも伝言をたのまれちゃった。あのね、『またわが城下《じょうか》へ参られるがよい。次は家族みなで』だって。わかった？　ちゃんと伝えたからね」

「ありがとう」

「どういたしまして。ねえ、春樹《はるき》くん」

「え？」

「また仙台《せんだい》においでよ。春樹くんがだれだって関係ない。あたしとおばあちゃんにとっては、いっしょに武将隊《ぶしょうたい》を応援《おうえん》する仲間だから」

「うん」

「もっといろいろ見てほしいものがあるの。今度は、あたしがおもてなしするから」

ふと、水沢《みずさわ》さんの話を思いだした。美咲《みさき》たちが暮《く》らしていた海辺のまち。日本で二番目に低い山があったまち、できればそこを訪《たず》ねてみたい。

「きっと来てね！」

「うん、ぜったいまた帰ってくるよ！」

電話を切ったあと、ホームのはしから景色《けしき》をながめた。

夏空にそびえるビルの群《む》れ、そのむこうに、仙台城跡《せんだいじょうあと》がある青葉山《あおばやま》が見える。

明日も、明後日《あさって》も兄ちゃんは、あの場所でおもてなしをするのだろう。

このまちの土台をきずいた、仙台藩初代藩主《せんだいはんしょだいはんしゅ》・伊達政宗公《だてまさむねこう》の思いを伝える、奥州《おうしゅう》・仙台おもてなし集団《しゅうだん》　杜乃武将隊《もりのぶしょうたい》の伊達政宗として。

どこまでも、一生懸命《いっしょうけんめい》に。

兄上様
兄ちゃん、お元気ですか。ぼくらはみんな元気です。

兄ちゃんからの電話のあと母さんは、「今の仕事がおわったらすぐに仙台に行く！」と息まいていました。自分の手で、気がすむまでデコピンしたいらしいです。父さんは、「杜乃武将隊の応援《おうえん》サイトを立ちあげる」とはりきっています。

兄ちゃん、仙台にいるあいだ、ぼくはいろんな人と話をしました。武将隊に出会って、元気になったという人がいました。武将隊を応援するようになって、このまちが好きになったという人もいました。兄ちゃんの気持ちは、ちゃんとみんなに伝わっていました。

ぼくはこれから、何度も仙台に行くつもりです。兄ちゃんが帰ってこられないなら、ぼくが会いに行く。これから仙台《せんだい》は、ぼくのまちです。大好きな人がいるまちは、ぼくのまち。大好きな人が大好きなまちも、ぼくのまち。そう決めました。

それからもうひとつ思ったことがあります。兄ちゃんや武将隊《ぶしょうたい》の人たちを見て、ぼくもぼくだけのなにかを見つけたい、そう思いました。それがなにかはまだわかりません。でもいつか見つけたそのときは、はずかしがったり、しりごみしたりせず、一生懸命《いっしょうけんめい》にやってみようと思います。

ぼくは、ぼくだけのドラゴンを見つける。兄ちゃんが、杜乃武将隊《もりのぶしょうたい》を見つけたように。

その日まで、兄ちゃんは伊達政宗《だてまさむね》でいてください。

杜乃武将隊　伊達政宗の弟　檜山春樹《ひやまはるき》

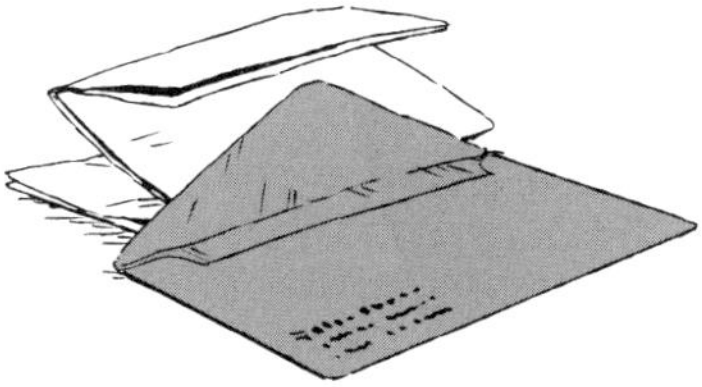

あとがき

この物語に登場する「奥州《おうしゅう》・仙台《せんだい》　おもてなし集団《しゅうだん》　杜乃武将隊《もりのぶしょうたい》」にはモデルがあります。仙台・宮城《みやぎ》の観光ピーアールをおこなっている「奥州・仙台　おもてなし集団　伊達《だ》武《て》将隊」です。

わたしがはじめて伊達武将隊と出会ったのは、二〇一一年七月。東日本大震災《ひがしにほんだいしんさい》から、わずか四か月後のことでした。

その日、仙台城跡《せんだいじょうあと》の一角では、小さなおまつりがおこなわれていました。夜になり、あたりが闇《やみ》につつまれたころ、城跡《しろあと》の森におもおもしい太鼓《たいこ》の音がなりひびきました。そして、ひとり、またひとりと、暗がりから甲冑姿《かっちゅうすがた》の武将が現《あらわ》れたのです。

伊達武将隊というものの存在《そんざい》を知ってはいたものの、彼《かれ》らの演武《えんぶ》を一度も見たことがなかったわたしは、たちまち心をうばわれました。

美咲《みさき》の「それまでずっと灰色《はいいろ》に見えていた景色《けしき》に、色がもどってきたような気がした」

というセリフ。それは、この夜にわたしが感じたこと、そのままです。

美しいたたずまい、真剣《しんけん》な表情《ひょうじょう》、魂《たましい》がこもったセリフ、刀を使った迫力《はくりょく》あるパフォーマンス――。とくに、最後のセリフが胸《むね》にささりました。

「われら、奥州《おうしゅう》・仙台《せんだい》　おもてなし集団《しゅうだん》　伊達《だ て》武将隊《ぶしょうたい》。元気を旗印にみなと、ともに前へ。仙台・宮城《みやぎ》、東北！」

かつてこの地に生き、このまちの土台をきずいた仙台藩祖《はんそ》・伊達政宗公《まさむねこう》とその家臣《かしん》たちの力いっぱいのさけびに、震災後《しんさいご》ずっとはりつめていた心はゆさぶられました。彼《かれ》らの「一生懸命《いっしょうけんめい》」がまっすぐに伝わってきて、心の底から力がわいてくるのを感じました。

――「一生懸命」は美しい。そして、見る人を勇気づける。

そのことに、あらためて気づかされた出会いでした。

それから七年。伊達武将隊は、今ではすっかり仙台・宮城の観光ピーアールの顔として定着しています。しかし、彼らの功績《こうせき》は観光だけにとどまりません。このまちで暮《く》らす人びとに対しても、よい刺激《しげき》をあたえてくれていると感じています。

仙台の歴史に関心をよせる人がふえてきているのです。わたしもまた、伊達武将隊を通して歴史に興味《きょうみ》をもつようになりました。そして、政宗公がこのまちをつくった時代と今とがたしかにつながっていることを実感することができました。

今、仙台《せんだい》は、甲冑姿《かっちゅうすがた》の武将《ぶしょう》たちがまちを歩いているのが、日常《にちじょう》の風景になりつつあります。そんな日常をつくった彼《かれ》らと、彼らをあたたかく受けいれているこのまち。わたしは仙台が「伊達《だて》武将隊がいるまち」であることをほこらしく思っています。

最近、伊達武将隊のような「おもてなし武将隊」が、全国各地に誕生《たんじょう》しています。もしかしたら、みなさんのまちにもすでに誕生しているかもしれません。

見かけたら、ぜひ応援《おうえん》してください。彼らは、みなさんが暮《く》らしているまちの昔と今をつないでくれる存在《そんざい》です。きっと彼らを通して、自分が「歴史」という流れの中にいることを感じることができるはずです。なにより、まちをもりあげようと一生懸命《いっしょうけんめい》な彼らの姿にはげまされ、勇気づけられることでしょう。美咲《みさき》や、水沢《みずさわ》さんや、亘理《わたり》のおばあさんのように。


この物語を書くにあたり、多くのかたにお世話になりました。

第八期「奥州《おうしゅう》・仙台　おもてなし集団《しゅうだん》　伊達武将隊」の伊達政宗《まさむね》さま、伊達成実《しげざね》さま、片倉小十郎景綱《かたくらこじゅうろうかげつな》さま、茂庭綱元《もにわつなもと》さま、支倉常長《はせくらつねなが》さま、足軽《あしがる》・陽《ひざし》さま、松尾芭蕉《まつおばしょう》さま、くの一・畑《はた》さま。伊達武将隊《だてぶしょうたい》を運営している株式《かぶしき》会社ハートアンドブレーンの渡部明彦《わたなべあきひこ》さま、齋藤珠美《さいとうたまみ》さま、矢部真澄《やべますみ》さまに、心から感謝《かんしゃ》申し上げます。

また、この作品を、愛情《あいじょう》をこめて大切に育ててくださったたくもん出版編集部《しゅっぱんへんしゅうぶ》の和田惣也《わだそうや》さん、最初に「おもしろい」といってくださった原祐佳里《はらゆかり》さん、そして、想像《そうぞう》をはるかにこえた、かっこいい兄ちゃんと武将隊を描《か》いてくださった浮雲宇一《うくもういち》さんに、お礼を申し上げます。ありがとうございました。

伊達武将隊が、これから百年も二百年もつづいてゆくこと、そして仙台《せんだい》が、この先もずっと「伊達武将隊がいるまち」でありつづけることを、心から願っています。

二〇一八年六月　佐々木ひとみ

追記

本書が出版されてから、六年。杜乃武将隊のモデルにさせていただいた「奥州《おうしゅう》・仙台《せんだい》　おもてなし集団　伊達武将隊」の活動は、二〇二四年八月で十五年目に入りました。仙台・宮城《みやぎ》の観光の顔としてすっかり定着した彼らは今、観光客はもちろん地元のかたたちからも〝このまちの歴史と魅力《みりょく》を伝える存在《そんざい》〟として愛され、ますます活躍《かつやく》の場を広げています。

作　**佐々木ひとみ**（ささき ひとみ）

茨城県生まれ、仙台市在住。日本児童文学者協会理事、日本児童文芸家協会会員。「季節風」同人。2010年『ぼくとあいつのラストラン』（ポプラ社）で第20回椋鳩十児童文学賞を受賞。2016年同作品が『ゆずの葉ゆれて』として映画化。2023年『ぼくんちの震災日記』（新日本出版社）で児童ペン賞童話賞受賞。その他の作品に『英国アンティーク夢譚』『イギリスを歩いてみれば』（以上、KKベストセラーズ）、『ドラゴンのなみだ』（学研プラス）、『波乱に満ちておもしろい！ ストーリーで楽しむ伝記②　伊達政宗』『もののけ温泉　滝の湯へいらっしゃい』（以上、岩崎書店）、『七夕の月』（ポプラ社）、『エイ・エイ・オー！ ぼくが足軽だった夏』「共著『みちのく妖怪ツアー』シリーズ」（以上、新日本出版社）など。髙原社主宰。

画　**浮雲宇一**（うくも ういち）

関西在住。イラストレーター。装画を手がけた作品に、『ゴーストフォビア』（東京創元社）、『僕は上手にしゃべれない』（ポプラ社）、『ジブリアニメで哲学する 世界の見方が変わるヒント』（PHP研究所）、『算額タイムトンネル』（講談社）など。

兄ちゃんは戦国武将！

2018年 6 月26日　初版第1刷発行
2024年12月13日　初版第5刷発行

作　佐々木ひとみ
画　浮雲宇一

取材協力　奥州・仙台　おもてなし集団　伊達武将隊
ホームページアドレス https://datebusyou.jp/
発行人　泉田義則
発行所　株式会社くもん出版
〒141-8488　東京都品川区五反田2-10-2　東五反田スクエア11F
電話 03-6836-0301（代表）
03-6836-0317（編集）
03-6836-0305（営業）
ホームページアドレス https://www.kumonshuppan.com/
印刷　三美印刷株式会社

NDC913・くもん出版・184P・20cm・2018年・ISBN978-4-7743-2769-3

CD 34592

創作児童文学

堀米 薫　画・大矢正和

仙台真田氏物語　幸村の遺志を守った娘、阿梅

真田幸村に秘策あり。娘の阿梅は、大坂城落城が迫る中で死を覚悟した父・幸村が口にした言葉に、耳を疑った。子どもたちを、敵の武将のもとにのがす、というのだ。幸村の娘・阿梅を主人公にした歴史小説。

濱野京子　画・おとないちあき

ソーリ!

「総理大臣になりたいって笑われるような夢なの!?」ソーリというあだ名のついてしまった小学校五年生の少女・照葉の物語をとおして、政治や社会について考える児童文学。